希望之罪

望み

雫井脩介

Shusuke Shizukui

王蘊潔 譯

1

明亮的紅磚外牆，隨著歲月的流逝，外觀漸漸增添深沉感。挑高的玄關光線充足，充分展現南歐風格的設計感。

寬敞的客廳兼飯廳要讓人聯想到紐約一流飯店的高格調奢華感，要有最新型、使用方便的中島式廚房。走進臥室，就像是峇里島的度假飯店，充滿東方味的療癒空間。寬敞的浴室要有窗戶，可以在泡澡的時候欣賞庭院風景。當然必須保護隱私，無法從外面看進來……

「樓梯必須是螺旋梯，充滿時尚的感覺。」

和委託人種村夫妻討論時，種村太太用和剛才堅持要中島式廚房時相同的語氣補充道。

「我瞭解。」

石川一登放下筆，摸摸下巴上修得很短的鬍子。雖然他剛才一直拿著筆，但幾乎沒有記錄任何內容。

九月上旬剛過，白天的時候氣溫還很高，將近傍晚時，即使坐在辦公室內，也可以隱約感受到戶外的空氣變得宜人。一登拿起空調的遙控器，將冷氣稍微調小了些。

太陽已經下山，助理梅本克彥正默默坐在窗邊的桌子前做簡易建築模型。

「妳接連提出這種夢幻條件，根本不可能全都做到，建築師也會很傷腦筋。」

坐在旁邊的種村先生苦笑著提醒妻子，然後看向一登，似乎在徵求他的同意。

「但既然是量身打造的客製化住宅，不就是要這樣嗎？」

種村太太露出驚訝的表情後反駁道。

「玄關要南歐風格，客廳是紐約式，臥室又要峇里島風格，妳提出這些彼此衝突的條件，建築師反而搞不清楚到底要建一棟怎樣的房子。」

「為什麼？這樣不行嗎？」

種村太太不服氣地噘著嘴。終於要打造自己的夢想家園了，這位太太似乎比先生更性急。

「石川建築師，」種村先生看著一登，「基本上，我認為細節的部分交給你處理，我相信你一定可以為我們打造出一棟出色的房子。比起每個房間有不同的風格，我認為有統一感應該比較好。嗯，如果硬要說有什麼條件的話，我希望外觀可以呈現傳統民宅那種穩重感。」

「如果用傳統民宅的風格統一，客廳不就會讓人覺得很悶嗎？我娘家的房子就是傳統的農舍，那種房子我已經住膩了。每個房間可以感受不同風格為什麼不行？我覺得客製化住宅不就是要完美呈現這些奢侈的理想嗎？」

「不行不行，不管三七二十一，把所有的理想全都塞進房子，最後就會毀了整棟房子……建築師，你說對不對？」

「建築師，應該沒這回事吧？」

一登投入客製化住宅將近二十年，曾經多次見識過委託人夫妻各持己見，對他來說，就像是消化工作過程中的一個步驟，只要妥善協調就好。

「其實兩位說的都對，但也都不對……」一登用這句開場白接過了話題，「當然，只要你們告訴我，要用多少預算在哪裡建造一棟傳統民宅風格的房子，我可以用我的專業，為兩位建造出一棟像模像樣的房子。種村太太，要打造出一棟滿足妳條件的房子也不是什麼困難的事。但是，這樣建造出來的房子一定會失敗。打造一棟理想房子的必備要素，不能只靠建築師的專業品味，也不能只有委託人的夢想和希望。」

「你的意思是說，兩者都需要？」

一登聽了種村先生的回答，搖了搖頭說：「不，即使兩者都具備，仍然不足夠。」

「所以？」

「在建造房子時，必須以住在那裡的人的生活方式和家庭的形式為優先。」

「家庭的形式？」

坐在桌子對面的夫妻以無法充分瞭解的表情互看著。

「沒錯，」一登繼續說道，「比方說，種村太太剛才提到的，浴室要有一扇可以欣賞庭園風景的窗戶。這是客戶經常提出的要求，事實上，我也經常建造這樣的浴室，但如果不瞭解住在房子裡的人喜歡怎樣的入浴方式，就無法打造出令人滿意的浴室。即使把浴缸放在可以看到庭院風景的位置，而且也設置了窗戶，但如果住在房子裡的人都是晚上泡澡，就會變成只有在打掃浴室時，才能看到這片風景，會讓人想笑也笑不出來。」

「沒錯，言之有理，」種村先生說，「我家都是晚上洗澡，我更是泡一下就了事，浴室根本不需要這麼講究。」

「我想要泡半身浴，好好享受入浴時間。」種村太太反駁。

「即使這樣，妳不也是晚上才泡澡嗎？」

「不一定是晚上啊。」

「所以我出門上班之後，妳要在家裡享受優雅的晨浴嗎？」種村先生嘲諷太太後，笑著對一登說：「不需要把預算耗費在這種不重要的地方。」

「嗯，其實浴室很重要，也可以在窗外設置一小片植樹區，打上燈光，這樣晚上也可以享受風景。」一登露出苦笑化解這對夫妻的爭論不休，「只不過一旦設置了大窗戶，冬天就會很冷，如果家人洗澡的時間不集中，熱氣就很容易散掉，也有的客戶在入住之後，覺得這是美中不足的地方。」

「是啊，我們家都是每個人想洗的時候就去洗，我每天都很晚才洗澡，幾乎都是上床之前去泡一下。浴缸裡的水冷掉也很傷腦筋，如果浴室內很冷，在等浴缸裡的水重新燒熱時很容易感冒。」

「那你早一點洗澡不就解決了嗎？」種村太太不悅地插嘴說，「我每次都叫你趕快去洗澡，你就拖拖拉拉，一下子喝啤酒，一下子喝燒酒。」

「有什麼辦法，」種村先生一笑置之，「這是我的人生樂趣啊。」

「是啊，」一登再度接過話題，「我完全同意。不需要改變自己認為重要的事，我不認同為了配合房子而改變自己的生活習慣，否則就和住在建案的房子沒什麼兩樣。」

「看吧看吧，」種村先生露出得意的表情，「我就說嘛。」

「但是，如同對你來說，晚上喝一杯是幸福的時光，對你太太來說，泡澡的時間也是放鬆時光，也想要好好珍惜，對不對？」

「對嘛，」種村太太用力點著頭，露出想要尋求理解的眼神看著一登，「我也一樣啊。」

「所以，妳會覺得普通的浴室無法滿足，雖然做一扇景觀良好的窗戶也是一種方法……但是，如果想把浴室打造成一個療癒空間，比方說，只要在四個角落設置可以放香氛蠟燭的地方，也許就可以發揮療癒的效果。」

「啊，香氛……」種村太太突然恢復柔和的語氣，「真是好主意。」

「那就這麼辦，這樣也比較省錢，把錢用在其他地方才是聰明的選擇。」

「也對。」種村太太順從地點頭。

「所以這種問題也是，」一登繼續說道，「在建造房子時，最重要的是夫妻或是家人過著怎樣的生活，以及日後將迎接怎樣的人生。所謂客製化住宅，就是房子反映了每個家庭的形式。只要看房子，就可以瞭解生活在房子內那家人的生活方式、興趣愛好和性格。雖然很多人認為房子是建築師的作品，其實並非如此，房子就像一面鏡子，反映出住在房子內所有人的生活。即使是同一位建築師，以相同的預算，在同一塊土地上建造房子，當居住在房子內的人不同，造出來的房子也必然不一樣。建案的房子往往一整片都是外觀完全相同的房子，但以我們的觀點來說，這種房子根本不可能符合所有住戶的需求。」

「嗯，」種村先生露出苦笑，他似乎聽了一登的話後，修正了自己的想法，「雖然這不算是從哲學的角度看問題……不過我之前就認為造房子不是一件簡單的事，輕率的態度真的沒辦法應付，因為牽涉到很多重大的問題。」

「想要建造一棟理想的房子，確實不是簡單的事。」一登笑著回答，「許多委託人都利用建造房子這個契機，重新檢視自己的家庭和自己至今為止的人生，這也的確是一個哲學問題。」

「光聽就快昏倒了。」種村太太嘆著氣說。

「但我覺得如果因此感到卻步也很可惜。因為只要能夠打造出符合那個家庭生活的房子，必然有助於進一步提升生活品質。我並不是為了做兩位的生意才這麼說，但如果你們有這個意願，絕對很值得挑戰。」

「你沒有輕易附和我們所提出的條件，而是能夠直言不諱地表達不中聽的話，反而更能夠讓人信賴。」種村先生深有感慨地說，「我們已經決定要建造房子，看了貴事務所官網的感覺後，決定登門諮商。今天和你聊了之後，我很希望由你來為我們設計。」

「你又不徵求我的意見就決定了。」

種村太太雖然這麼說，但從她開玩笑的語氣中，可以感受到她並不表示反對。

「謝謝。」

一登輕鬆道謝，露出淡淡的笑容。

「如果兩位不嫌棄，要不要參觀一下我家？」

閒聊了一陣子，瞭解了種村夫婦的人生觀，和對以前居住環境的想法。一登向來都會從和客戶的聊天中描繪出設計的大致輪廓，把握成為造房子基礎的主題和概念。一旦決定了大方向，就開始討論細節的部分，最後從談話中瞭解客戶有幾雙鞋子，有多少衣服，開始設計收納的空間。

但不可能在一天之內就問完這些具體的內容。所以聊了一個小時，大致告一個段落後，一登邀請他們參觀自己的住家。

「可以嗎？」

「當然沒問題。如果要參觀其他委託人的住家，就必須事先向他們打招呼，但我自己住的房子就不需要這麼麻煩，所以只要是登門委託的客人，幾乎都會帶各位參觀一下。」

「既然這樣，那我們也打擾一下。」

「別客氣，別客氣。」一登說完後站起身，向助理梅本交代了一句「如果高山建築打電話來，你來家裡叫我一聲」後，走出了事務所。

一登自住的房子就在差不多八坪大的小型事務所旁，七十五坪的土地上建造了住家和別屋，目前別屋作為建築事務所使用。

一登的住家和事務所位在與東京都外圍地區相鄰的埼玉縣戶澤市這片和緩的丘陵地上。姑且不論好壞，周圍那片房子都是由建商建造，看起來大同小異的房子，只是有日式或西式的差別而已。如果在東京的吉祥寺或是石神井一帶，一登設計的這棟房子不會太引人注目，但在這一帶，即使從客觀的角度，仍然覺得這棟結合了水泥和石板的別出心裁設計獨樹一格。一登經過精心設計，種植了針葉樹和加拿大唐棣這些讓人耳目一新的綠樹，對房子整體的美觀加分不少，這些都能夠讓雖然登門造訪，但對於該委託哪一位建築師仍然舉棋不定的客戶對自己更有信心。

「真是漂亮的房子。」

「這棟房子的建坪將近三十坪，你們那棟房子的大小應該差不多。這棟房子是十年前建造的，如果是現在，可以造出更漂亮的房子。」

種村夫婦抬頭看著房子的外觀表示稱讚，一登用輕鬆的語氣回答。

「請進，不要客氣。」

一登打開玄關的門，請他們進屋。

「打擾了……哇，感覺像是避暑勝地的別墅。」

「現在時間有點晚了，所以光線有點暗，白天的時候，上面會有充足的陽光照進來。」

一登把已經放學回到家的兩個孩子脫在門口的鞋子挪到一旁時，向種村夫婦說明。

「很棒欸。」

種村夫婦打量著玄關，讚不絕口，一登對他們說「請進」，然後為他們準備拖鞋。

「這裡是客廳。」

一登帶著種村夫婦走進十二、三坪大的飯廳兼客廳，妻子貴代美正坐在放在中島型廚房旁的義大利餐桌旁工作。迷你臘腸狗酷奇躺在她腳下睡著了。

「打擾了。」

「啊喲，歡迎兩位。」

貴代美聽到他們打招呼的聲音，慌忙拿下了眼鏡。

「沒關係。」

貴代美準備起身，可能打算去泡茶，一登委婉地制止了她。

「啊，妳繼續忙沒關係。」種村夫婦也客氣地說。

「是嗎……不好意思，那我就不招呼你們了，兩位請慢慢參觀。」

貴代美露出淡淡的笑容說完，再度低頭看著手邊的校對稿。

「我太太和我不同行，她做的是出版相關的工作，出版業都有截稿的日期。」

貴代美以前是建築雜誌的編輯，也是因為這個關係認識了一登。如今她辭去了雜誌社的工作，成為自由校對人員。雖然她經常嘆著氣說，付出的勞力和得到的收入不成正比，但光是能夠在家工作，就是一種奢侈，所以她也能夠在享受生活的同時，適量接案工作。

「哇，中島型廚房。」種村太太看到了德國製的不鏽鋼廚房，走進去打量著說：「好漂亮。」

「種村太太似乎想要中島型廚房，妳可不可以分享一下使用的方便性等實際使用的經驗？」一登站在妻子身旁問。

「好啊，」貴代美放下筆，抬起了頭，「中島型廚房很方便，只是如果收納的空間再多一些會更好。」

「家裡的孩子年紀還小的時候問題還不大，」一登補充說明，「我兒子目前讀高一，女兒讀初中三年級，除了餐盤增加，還要為他們準備便當帶去學校，光是便當盒就有好多種類。」他停頓了一下，又繼續說下去，「所以我太太一直為這件事向我抱怨。」

種村夫婦哈哈大笑起來。

「話說回來，的確必須考慮到孩子的成長問題，」種村先生臉上帶著笑容說，「我家的孩子目前雖然年紀還小，但轉眼之間就長大了。」

「沒錯，你的想法完全正確。」一登回答，「我兒子不久之前還是小不點，現在完全像個大人，而且還會狂妄地說什麼那是他的事，和父母無關。」

「哈哈哈。」

「先不說這些，在建造房子時，的確必須考慮到孩子的成長，這是很重要的問題。我家廚房的收納空間只能靠我太太發揮巧思克服，但兩個孩子的房間可以配合他們的成長進行調整。」

「這樣啊，可以怎麼調整？」

「我帶你們去看。」

一登說完，走上客廳角落的樓梯。

「我家的不是螺旋樓梯。」

他這句話逗得種村夫妻笑起來，他又繼續說：

「但是，讓樓梯延伸到客廳，同時設計出挑高的空間，就可以為客廳打造出寬敞的感覺，同時和二樓連結。家裡只有家人，所以我並不推崇用隔音效果強的高牆隔開空間，牆壁只是讓使用那個空間的人轉換心情，沒必要做成滴水不漏的密室，所以兩個孩子的房間牆壁上都打了洞，出入口也使用了折疊式門簾，讓聲音可以充分傳遞。我認為只要在客廳叫一聲，孩子就可以在房間內聽到的距離感很重要。」

來到二樓，開放空間內放著觀葉植物，從那裡可以走去陽台。隔壁兒子規士的房間內傳來音樂聲。

「這個陽台也可以通往孩子的房間，在這裡為植物澆水時，就可以像現在一樣，聽到孩子的房間傳來音樂聲，或是說話的聲音……於是就可以知道，孩子正在聽音樂，或是正在和朋友打電話聊天。」

「原來是這樣。」

「你們看，這道牆上不是打了洞嗎？以前我們晚上的時候，都會從這裡看孩子有沒有乖乖上床睡覺。現在孩子長大了，說什麼要重視隱私權，所以就遮住了。」

一登繞到兒子房間入口，指著牆上圓形的洞說道。目前牆上的洞已經用海報遮住了。

一登聽著種村夫婦的笑容，輕輕敲了敲入口旁的牆壁。

「我們進去嘍。」

一登打了聲招呼，拉開折疊式門簾，就聽到裡面傳來咂嘴的聲音。探頭向房間內張望，發現規士正躺在床上滑手機。

「請進，請進。」

一登不理會規士，走進房間，也請種村夫婦入內參觀。

「打擾了……喔喔，這個房間真不錯。」

「打擾了，你好。」

種村太太滿面笑容地向規士打招呼，規士移開了視線，腦袋動了一下，簡短地打了聲招呼。「妳好。」

規士的聲音很低沉，和他那張仍然帶著稚氣的臉很不相襯。他變聲至今快三年了，一登至今仍然不太習慣，或者說還沒有適應。

而且規士那張帶著稚氣的臉上有兩三塊內出血的瘀青，也增加了一登內心的不安。他上個週末外宿回家之後，臉上就有了這幾塊瘀青，不知道是否和同學打架了。一登和貴代美問他臉上的瘀青怎麼來的，他只顧左右而言他，沒有正面回答。

一登記得自己以前在讀初中和高中時，也覺得父母很煩，和規士對父母的態度差不多，所以沒有因為這個原因對他太嚴厲，但還是很希望自己在工作的時候，規士能夠表現得更配合。之前規士讀初中時，態度還不至於這麼露骨。不知道是否因為膝蓋受了傷，退出社團活動後感到悲觀失望，之前有一次客人走進他房間參觀時，他沒有打一聲招呼，就皺著眉頭走出了房間。

「以前讀小學低年級時，這裡和隔壁房間之間沒有裝隔板，他和妹妹睡在同一個房間，平時就在客廳寫功課，這裡只放了床而已。他們讀小學的時候，都是在客廳寫功課。」

「太早讓小孩子有自己的房間似乎不太好。」

「我也認為不太好，所以我認為孩子讀小學時，孩子房只是他們睡覺的地方。我們家也是在孩子上初中之後，各自的房間內才有書桌。不過並沒有把這孩子培養成愛讀書的孩子，所以沒什麼說服力。」

一登開玩笑說道，種村夫婦輕聲笑了。

「這個房間的木頭牆壁很不錯，感覺好像在小木屋，心情很平靜。」

種村夫婦收起笑容後，繼續打量著房間，感嘆地說道。

「規士，你覺得住在這裡的感覺怎麼樣？」

規士完全無視種村夫婦的對話，一直低頭滑手機，一登問他的意見。

「呃……很普通啊。」

種村夫婦可能覺得規士冷冰冰的回答反而很可愛，又忍不住笑了。

「這個房間很普通嗎……看來你的要求很高啊。」

種村先生在說話時，看到了放在牆邊的足球。

「規士，你在踢足球嗎？」

規士聽了，輕輕搖了搖頭，只是動了一下嘴巴表示「沒有」，但並沒有發出聲音。

「他不久之前在踢足球，」一登無可奈何地代替他說明，「但他的膝蓋受傷之後就沒再踢了。」

「啊呀啊呀，真可憐。」

規士聽到種村先生這麼說，仍然無動於衷，似乎想表示不用別人管，所以這個話題也就無法繼續。雖然不知道種村夫婦如何看待規士眼角和嘴角的瘀青，但他們顯然知道如果問這個問題，會讓現場的氣氛更尷尬，所以也就沒有多問。

「那我就帶你們去參觀我女兒的房間。」

種村夫婦也有女兒，所以女兒小雅的房間應該更有參考價值。

而且，和規士相比，小雅待人比較親切。當一登站在門口敲了敲門時，她似乎已經聽到動靜，主動打開了折疊式門簾。

「我們來參觀一下妳的房間。」

「叔叔、阿姨好。」

雖然小雅有點怕生，臉上的表情有點僵硬，但彬彬有禮地向種村夫婦鞠躬打招呼。

「妳在寫功課嗎？對不起，打擾妳了。」

種村夫婦看到她攤在書桌上的參考書和筆記本，這麼對她說，她誠惶誠恐地搖了搖頭說：「不會，不會。」她很瘦，脖子很細，一雙機靈的眼睛從小就很擅長仔細觀察周圍的事物，現在也不經意地對種村夫婦露出觀察的眼神。

「啊，這個房間也很漂亮。」

「對啊。」

規士的房間幾乎是長方形，但小雅的房間呈L形，房間的格局很不方正，而且有一個閣樓，很有特色。

「雖然這個房間比剛才我兒子的房間小，但當初要他們兩個挑選各自喜歡的房間時，兄妹兩人都選這一間。」

「是喔……最後是怎麼決定的？」種村太太好奇地問。

「這個問題啊，我原本要他們猜拳決定，沒想到這孩子很堅持，結果她哥哥主動讓她。」

「這樣啊，哥哥對妳真好。」

小雅聽了，露出微笑點頭。

「妳住在這個房間的感覺怎麼樣？」

「很棒啊。」

種村太太聽到小雅開朗的回答，似乎感到很高興，看著她的書桌問：

「妳現在讀三年級，所以準備考高中了嗎？」

「對，是啊。」

「這樣啊，很辛苦吧。這一帶讀哪所學校比較方便？」

「我想考豐島女學院。」

「啊喲，那所學校很難考。」

種村太太瞪大了眼睛，小雅謙虛地搖著手說：

「我打算先參加模擬考，如果感覺太難，可能會重新考慮。」

「是嗎？真辛苦，加油嘍。」

「好。」小雅聽了種村太太的鼓勵，委婉地笑著回答。

規士讀初中時，對課業的熱情不如足球，好不容易擠進了屬於中下水準的本地縣立高中。小雅一直不以為苦地去補習班上課，目前準備報考一所門檻頗高的私立高中。

她在考初中時就想讀豐島女學院，但貴代美表示反對，覺得小雅那麼瘦，每天擠電車太辛苦。既然貴代美這麼說，一登也不可能不負責任地說，他認為沒問題。更何況他自己向來不用擠電車上下班，深刻體會到因此減少了很多壓力。

貴代美說，不必去讀都心的好學校，郊區也有好學校，可以考慮那些學校，但小雅似乎並無此意。最後，貴代美讓了步，答應她高中時可以讀豐島女學院，小雅也就放棄了考私立初中，和規士讀了同一所本地的公立初中。

光看規士那樣，要向客人說明兒童房對兒女的成長似乎沒什麼說服力，但說到小雅，就感覺很有那麼一回事。種村夫婦似乎也同意在建造房子時，兒童房佔了重要的比重。

「那裡是浴室，兩位要不要順便參觀一下？」

「好，請務必讓我們參觀一下。」

種村夫婦回答後，向小雅道了謝，走出房間。小雅也很有禮貌地鞠躬對他們說：

「請慢慢參觀。」

「其實，我家的浴室……」

一登沿著走廊，走向位在走廊盡頭的浴室。經過更衣室兼洗衣室，打開了浴室的拉門，看向跟在他身後的種村夫婦。

「哇，有大窗戶！」

浴缸後方有一扇很大的玻璃窗，窗外是避免外面看進來的圍牆，還有一坪半左右的植樹區。

「哈哈哈，就是這麼回事。」一登調皮地笑了。

「石川建築師，你剛才不是不太贊成我的意見……」

「不，正因為有親身的經驗，所以才會那麼說。」一登說，「我也覺得浴室要有一個大窗戶，所以也實際做了這個大窗戶，但冬天的時候，真的很容易著涼，而且玻璃也容易起霧。我雖然很中意，但家人都很不滿意，所以我才會說那些話。」

「原來你是基於親身經驗表達的意見。」

「哈哈哈，就是這麼一回事。」

種村夫婦聽到一登的笑聲，互看了一眼，也開心地笑了起來。

接這對夫妻的案子應該會很順利……一登看著他們的笑容，這麼想道。

2

貴代美用飯匙將煮好的飯打鬆，分別裝在每個人的碗裡，把裝了飯的碗放在中島式廚房的吧檯上，然後繞到吧檯外，把飯移至餐桌上。

「規士，小雅，吃飯了！」

她抬頭對著二樓，叫兩個孩子下樓吃飯。

芝麻拌四季豆和燉南瓜是中午的剩菜，她動作俐落地做了川燙肉片沙拉、奶油炒小香腸蘆筍，和加了豆腐和蔥花的味噌湯，讓晚餐的餐桌看起來很豐盛。一登因為之前健檢時發現得了高膽固醇血症，不能吃奶油炒小香腸蘆筍，所以為他烤了一尾秋刀魚。讓兩個孩子趕快吃完晚餐，就可以繼續工作了……貴代美腦海中想著這些事，打開了狗食罐頭，把罐頭內的狗食倒進酷奇的盤子裡。

「等一下喔，等一下、等一下。好，坐下。」

貴代美讓酷奇坐在盤子前，對牠的順從感到滿意後，才終於同意牠開吃。

「好，現在可以吃了。」

「你覺得今天那對夫妻會找你設計嗎？」

她問一登。一登下班之後，帶酷奇散完步，已經搶先一步坐在餐桌旁。

「應該吧。」

一登正在看業界報，頭也沒抬地回答。

雖然一登的回答很平淡，但可以從他說話的語氣中感受到他的自信。畢竟他們結婚已經十八年了。

「是喔……太好了。」

她從冰箱裡拿出麥茶，倒在杯子中後拿去餐廳。晚餐的準備工作終於就緒，貴代美也在一登對面坐下時，小雅才從二樓走下來。

「哇，酷奇，好吃嗎？你要多吃點。」

小雅蹲在狼吞虎嚥的酷奇旁，充滿憐愛地看著牠吃飯的樣子，然後才緩緩站起來，坐在餐桌旁。

女兒很喜歡這隻大理石色的迷你臘腸狗，但向來不會幫忙遛狗或是清狗屎這種日常的照顧工作，而且還用了「爸爸需要運動，所以我覺得由爸爸負責帶酷奇散步比較好」這種冠冕堂皇的理由，連身為母親的貴代美，都覺得她太會耍小聰明。

貴代美記得以前讀初中在解剖青蛙時，和她同組的同學嚇得哇哇大叫，結果解剖實驗從頭到尾都是貴代美一個人做。貴代美其實也不想做，但那個同學只是在一旁看，就忍不住想吐，最後被送去了保健室，貴代美根本沒辦法說半句怨言。當時就覺得那個同學怎麼會那麼嬌生慣養，但搞不好小雅也是那種女生。

事到如今，她覺得也許升初中的時候，就應該讓小雅去考豐島女學院，讓她每天去擠電車，接受一下人生的考驗。由此可見，她這個母親太天真了。

只不過小雅讀小學時比現在更瘦，感覺她根本沒辦法應付載滿乘客、幾乎快擠破頭的電車，而且她有點貧血，曾經在全校集會時昏倒。

在升學的問題上，以前都認為公立當然是優先考慮選項。貴代美在那種環境下長大，覺得私立學校的環境太單純，以後會對社會缺乏免疫，所以並不只是因為擔心女兒的身體，而採取這樣的教育方針。

小雅在初中三年期間身體強壯了些，在電車上被擠來擠去時，應該不至於叫苦連天。一登的客人來家裡時，她也更加圓融應對。

如果只看這一點，仍然對她的成長感到不滿，顯然太吹毛求疵了，只不過有時候看到她對酷奇疼愛的樣子，要求她「趁下雨之前，帶牠去散步」，她立刻就說什麼「我功課還沒寫完」，馬上走去二樓。貴代美每次看到她這種態度，就有一種遺憾的感覺。但這種事不需要特地說出來罵她，所以這種感覺更加強烈。

因為小雅和自己一樣，也是女性，所以才會有這種感覺嗎？……貴代美曾經有過這種想法。是因為看到小雅，就好像看到了以前少女時代，那些狡猾自私，愛裝乖巧的女生嗎？……她搞不太清楚，只知道對兒子規士從來不會有這種感覺。

「哥哥呢？」貴代美問小雅。

「應該馬上就下來了吧。」小雅只是這麼回答，拿起筷子，先開始吃。

「對了，哥哥是不是和杏奈分手了？」

小雅咀嚼著嘴裡的食物，突然這麼問。

「為什麼？」

「因為在暑假快結束之後，就沒有聽到他打電話和杏奈聊天。」

小雅之前告訴貴代美，規士在暑假之前，和一個叫「杏奈」的女生交往，據說每天晚上都會打電話。

小雅幾乎從來沒有談論過男偶像的事，這是貴代美第一次看到她對別人的戀愛產生好奇心的『女性』的部分，所以貴代美當初雖然有點不知所措，但還是對這件事感到好奇，於是就和小雅一起向規士要了全班的照片，尋找「杏奈」到底是哪個女生，也假裝不經意地問規士，他和杏奈到底是什麼關係，最後只知道「杏奈」是和規士同班的飯塚杏奈。

即使問規士，他也總是冷冷地回答「我們才不是那種關係」。他因為受傷退出了社團活動，所以把熱情和時間轉移到女生身上很理所當然。當時覺得規士的反應是為了掩飾害羞，但現在回想起來，開始覺得規士所說的話是事實，杏奈並不是他的女朋友。

他在暑假期間經常外宿，規士說是和班上的男生一起玩，但貴代美有點懷疑他搞不好是和女生在一起。因為小雅煞有介事地表達同樣的猜疑，但這似乎只是受小雅多管閒事的妄想影響。暑假已經結束的上週週末，規士在外面也玩了整晚都沒有回家。如果他和杏奈在暑假時就已經漸行漸遠，那就如他自己所說的，只是和男生一起玩。

但並不是這樣，身為母親就可以高枕無憂。他上個週末回家時，臉上帶著瘀青。看起來很痛，也覺得他很可憐，貴代美每次看到，就覺得很難過。然而，即使問他臉上怎麼會有瘀青，他也閉口不談，似乎覺得和父母無關。以前小學生時，都會告訴父母在哪裡、和誰一起玩，現在完全都不說。

聽說現在和以前不一樣，明顯有叛逆期的孩子越來越少，據說這代表越來越多父母都通情達理，不會整天對著孩子嘮叨。

規士沒有對貴代美他們口出惡言，或是動粗，從這個角度來看，可以認為他只是在家裡常常擺臭臉，但既然有一起玩的朋友，也有女朋友，就只是正常的一般小孩。

既然這樣，小孩子有小孩子自己的世界，不必去管他……每次聊到這個話題時，一登所表現出來的態度，成為石川家目前的教育方針，雖然貴代美有時候想要稍微深入瞭解一下，但還是努力克制。

「媽媽，妳問哥哥一下啦。」

小雅似乎很關心規士和飯塚杏奈的關係到底如何，想要慫恿貴代美，但貴代美決定不予理會。

「這種事，讓他自己處理就好。」

小雅似乎對貴代美冷淡的反應感到不滿意，露出不滿的表情後，又繼續說道：

「還有啊，他有時候會說一些聽起來很可怕的話。」

「什麼可怕的話？」

「說什麼『一定要解決那傢伙』，還有『如果我們不動手，就會被他幹掉』……」

「怎麼會這樣？」

這和規士臉上的瘀青有關嗎？……貴代美感到狐疑，看向一登。一登瞥了小雅一眼，顯然也聽到了她們母女的談話，但他什麼都沒說，再度低頭看業界報。

不一會兒，規士從二樓下來，這個話題也就結束了。規士坐在自己的座位，默默開始吃。他上高中之後，為他換了智慧型手機，之前吃飯時都在滑手機，一登提醒之後，他吃飯就不再帶手機。

前一刻還在談論規士八卦的小雅也閉口不語，若無其事地吃著飯。

「規士，」一登收起業界報，放進身後的雜誌架後開了口，「以後我帶客人參觀你房間時，你可不可以不要擺臭臉？」

規士瞥了父親一眼，沒有吭氣，咀嚼著剛放進嘴裡的小香腸。

「突然有客人上門，會被嚇到，對不對？」

貴代美偏袒著規士，避免餐桌上的氣氛太沉重。

「不要帶來我房間就好了啊。」

規士終於開了口，小聲地反駁。

「那怎麼可能。」

「只要參觀小雅的房間就好，她的房間格局也比較特殊。」

「哥哥，你對我選了那個房間仍然懷恨在心嗎？」

小雅語帶調侃地插嘴問，規士不以為然地頂了回去：「誰在說這個？」

「不可能只帶客人看一個房間，而不看另一個房間，」一登淡淡地開導他，「客人都對隨著小孩子的成長，可以改變房間的格局很有興趣。在向客人展示的時候，只帶客人看其中一個房間，然後說另一個房間不方便展示，客人不是會感到不安，覺得有什麼隱情嗎？搞不好會懷疑設計失敗，房間慘不忍睹。我經常提醒你們，我們就像是住在樣品屋內。每次我去拜託那些由我設計房子的客人，要帶其他客人去參觀他們的家，他們都表示歡迎，他們家的小孩也都和顏悅色地招呼客人。」

「那你每次帶去那些客人家裡參觀就好啊。」

「並不是只要去參觀了那些客人的房子，就可以不看我們家，而且參觀我們家最方便。」

「來路不明的陌生人突然走進自己房間，怎麼可能和顏悅色？」

「他們並不是來路不明的陌生人，是重要的客人，如果爸爸接不到工作，大家連飯都沒得吃。」

「那就到時候再想辦法。」規士繼續小聲反駁著。

「哥哥說他會自力更生。」小雅似乎覺得規士故意作對的態度很好玩，在一旁幫腔。

「別說得那麼簡單，現在覺得理所當然的事都不再理所當然，到時候連大學也沒辦法讀。」

「我才不要呢！」小雅聽到一登這麼說，立刻有了反應。

「不讀大學也沒關係啊。」

聽到規士像小孩子一樣回嘴，貴代美忍不住苦笑起來，但一登無奈地嘆息說：

「你在說什麼鬼話！」規士自從退出社團之後，生活失去了目標，對課業也始終缺乏熱忱。一登的這句話中透露出他內心對兒子的不滿。

「爸爸年輕的時候，就已經是不讀大學就沒有出路的時代了，現在這個年頭，不讀大學要怎麼混下去。」

「以前只要進了大學，就可以高枕無憂了，現在的孩子進了大學之後，仍然必須用功苦讀，所以的確比較辛苦。」貴代美不希望氣氛越來越凝重，故意岔開了話題，

「但不管怎麼說，還是必須好好念書。」

「反過來說，只要用功就解決了。」一登用這種方式詮釋了貴代美的話，「進大學的門檻比以前低了，只要好好用功，就有機會獲得推甄，現在有各種不同的入學管道。」

「哥哥沒有用功，所以不行啦。」小雅又插嘴嗆哥哥，「他都和別人打架。」

「吵死了，妳給我閉嘴。」

規士冷冷地回嗆，小雅聳了聳肩。

「打架就不好了。」貴代美叮嚀道。

規士雖然沒有承認臉上的瘀青是打架留下的，但沒有反駁。

「但我相信規士也很瞭解這些道理，過一陣子，他就會好好思考未來，也會好好用功讀書。」貴代美補充道，為規士解圍。

「那當然啊，如果這麼早就對人生不抱希望，做父母的真的會欲哭無淚。」一登的語氣稍微柔和了些，但語氣中帶著一絲嘲諷。

「別擔心，男孩子只要下定了決心，很快就會追上來。」

規士似乎對貴代美這些強加在他身上的信任感到很厭煩。雖然只要看他的表情就知道，但貴代美覺得一登每次用大道理教訓兒子時，兒子就會無處可逃，所以在一登罵規士時，最後都會變成這樣。

「即使告訴你，你未來是這樣子也沒有意義。如果有時光機，就可以讓你自己看一下。」

小雅聽了一登的話，似乎感到好奇。

「所以爸爸知道嗎？」

「知道啊，當然是照目前的情況發展下去的樣子。」

「是什麼樣子？」

「我不會說，更何況即使說了，你們也不會相信。」

「什麼嘛。」小雅笑了起來，似乎覺得爸爸在信口開河。

「爸爸的意思是說，如果當事人不當一回事，說了也沒有意義。如果坐時光機親眼看到，應該就會相信，如果覺得父母在唬人，即使我現在說了也是白費唇舌。」

「不會白費唇舌，我會記下來，所以趕快告訴我。我們十年之後再來看爸爸說的對不對，不是很好玩嗎？」

「未來會改變，也可以改變。」

一登顧左右而言他，小雅再度表達了不滿，「廢話少說啦，趕快告訴我。」

一登繼續說道，似乎覺得小雅問的不是重點。

「你們覺得聽父母說這種話很煩，左耳進，右耳出，或是覺得父母說的也許有道理，開始認真思考，未來就會改變。爸爸在學生時代也算是用功，但現在回想起來，就覺得那時候應該多看各種不同的書，充實自己的知識量。你們都不瞭解目前在世界各地第一線活躍的人，年輕時曾經多麼努力，如果以為長大之後，自然而然地什麼都懂、什麼都會，那就大錯特錯了。少壯不努力，長大之後就會一事無成。」

規士默默喝著味噌湯，無法得知一登的話到底是否對他產生了影響。也許一登的言論無懈可擊，即使他想要反抗反駁，也不知道該如何反駁。

「爸爸，那你知道我的未來嗎？」

小雅似乎覺得規士完全沒有反應很無趣，問了自己的事。

「小雅的未來還不錯，只要繼續努力就好。」

小雅聽了爸爸的話，似乎心情很好，笑著揚起了嘴角，津津有味地吃著燉南瓜。

小雅功課很好，沒有明顯的叛逆期，也具備了女孩子可愛的特質，當然不可能不討人喜歡。如果沒有她，這個家可能會缺乏生機。

即使這樣，貴代美仍然對把她和規士比較，認為她比較「乖巧」的說法感到有點排斥。

更何況貴代美向來認為男人的魅力並不在於親切，即使外表有點冷淡，只要心地善良，這種反差反而更可愛。

規士內心很善良。家裡有重活需要他幫忙時，即使是現在，他從來不會皺一下眉頭。只要拜託他，他也願意幫酷奇洗澡。最令人感動的是，忘了從小學幾年級後開始，他就不再和小雅吵架，也不會把小雅逗哭。因為小雅不再怕他，所以說話時經常不把他這個哥哥放在眼裡，有時候甚至會騎到他的頭上。

也因為這個原因，貴代美經常覺得，這種孩子以後會成為好男人，所以對兒子成
長的期待超過小雅。

規士並不是不會讀書，現在只是還不瞭解用功讀書的意義。以前讀小學和初中
時，只要遇到好老師，他的成績就大幅進步。只要有開竅的契機，他就會好好讀書。

「不必擔心，規士不會有問題，一定可以成為一個出色的大人。」

貴代美自言自語地說，一登也小聲嘀咕「希望如此」，小雅看著規士，語帶調侃
地說：「我看你們還是不要太期待比較好。」

規士坐立難安默默吃著飯。

貴代美不喜歡說一些會讓兒女聽了覺得厭煩的話，和正值多愁善感年紀的兒女相
處，說話格外小心。每次一登扮黑臉對孩子說一些逆耳的話時，自己就會扮白臉，努
力保持平衡，所以每次對話都無法直接說出自己內心的擔心。

但是，相信兒子一定已經瞭解到，父母都很關心自從退出社團活動後，整天鬱鬱
寡歡的他。

應該不會有問題……貴代美自我安慰得出這樣的結論。

3

「所以在上樑之前，都可以按照原來的時間進行嗎？」

〈是啊，接下來就要看天氣了，但看天氣預報，似乎沒有太大的問題，所以應該來得及。〉

「太好了，太好了，我之前還很擔心。」

〈這個問題解決了，但材料這樣大幅改變，價格就無法按照原來的估價了。〉

「對方也瞭解這一點，所以沒有問題。」

〈那就好。〉

「老闆，那就繼續拜託了。」

〈好哩。〉

和高山建築的老闆通完電話，時鐘已經指向十二點。助理梅本暫時放下簡易建築模型出去吃午餐。

一登走出事務所，回到家裡。一走進客廳，立刻聞到咖哩的味道，肚子一下子餓了起來。但正在等一登的貴代美臉色很凝重。

「老公，」她叫了一聲，攤開了揉成一團的厚紙，「我在規士房間的垃圾桶裡發現這個。」

厚紙上印了字，看起來像是刀子的包裝附的紙。

「是不是刀子？」雖然印刷的字看得很清楚，但貴代美仍然半信半疑地問，「他為什麼要買刀子？」

「但這是雕刻刀吧？」一登回答，「他可能要做什麼美勞作品，所以去買了這把刀。」

「如果是這樣，他有以前買的美勞用刀啊。」

「那不是他小學的時候買的嗎？現在應該覺得不好用。」

「如果他想要更像樣的工具，可以向你借啊。」

貴代美說的沒錯，家裡需要修修補補時，一登向來不假他人之手，都是親自上陣，所以家裡的工具很齊全，也有兩三把好用的雕刻刀。

規士買的雕刻刀看起來像是在居家用品量販店買的，並不是很高級，但比在學校購買的美勞用雕刻刀鋒利多了。

「而且他在學校選修的是書法。」

一登不知道這件事，原來規士在高中藝術系科目中並沒有選修美術。

「他有沒有在房間製作什麼，像是塑膠模型或是其他的東西？」

「完全沒有。」

即使他帶著瘀青回家，他也都說沒事。

而且前天聽小雅說，他在電話中和朋友聊的內容聽起來很可怕。

但是，如果只是這樣，做父母的最好不要大驚小怪。

初中和高中時期，性情都很不穩定。尤其是青春期的男生，內心危險的攻擊性就像是放在一個搖晃不定的容器上。一登不是女人，所以不太瞭解女生的情況，但只要回顧自己的少年時代，就可以瞭解男生的情況。

無論初中時代還是高中時代，都有許多開心的事，和志趣相投的朋友閒扯淡，彷彿活在一個美好的世界。即使現在回想起來，也很難想像自己曾經那麼天真無邪。

但同時也無法相信，自己曾經有過活在那麼狹小世界的時期。

老實說，即使人生可以重來，一登也不想回到初中、高中時期。

在那個年代，看到的世界很狹小，根本不瞭解這個世界的結構，對陌生人感到莫名的害怕。要學很多東西，但自己完全無法創造。雖然經常用「半人份」來形容一個人能力不足，人在少年時代，真的只能算是半吊子。

而且經常因為一些芝麻小事情緒激動，變得富有攻擊性，對陌生人充滿敵視。即使對認識的人，昨天和今天的看法也可以完全不一樣。

在那個年紀，身邊隨時會出現暴力。一登讀書的那些年，剛好是初中很亂的年代，這種情況尤其嚴重，但無論在哪一個時代，班上總會有一兩個同學經常莫名其妙地發怒。進入社會之後，很少會看到扭打在一起的景象，但在初中、高中時期，這種事幾乎可說是家常便飯。

一登本身的個性並不好戰，但在初中三年級時，曾經為了在休息時間佔用操場的問題，和隔壁班的男生發生摩擦，結果雙方打群架。雖說是打群架，但其實只是抓住彼此的胸口，互推互擠而已，唯一的損失，就是襯衫的釦子掉了。事後回想起當時情緒激動的樣子，也覺得很丟臉。即使只是抓住對方的胸口，但仍然握緊拳頭，扭轉手臂，使出渾身的力氣。他至今仍然無法忘記當時的感覺。

那是他唯一一次讓暴力的衝動表現在行動上。之前在社團活動時被學長推擠，或是和班上討厭的同學大眼瞪小眼，內心湧現的暴力衝動他都忍住了。他對整天嘮嘮叨叨，挑剔他生活態度的父親也有暴力的衝動，而且還不止一兩次，但他每次都忍了下來。

正因為這個原因，所以一登對初中和高中這段多愁善感的時期抱有否定的想法。那段時期內心有暴力和性慾等各種不同的衝動，每天努力克制這些衝動，活在狹小的世界……當然很難完全克制，所以在態度和語尾，或是大人看不到的地方就會顯露出來。

一登認為大人很難控制青春期男生這種危險的衝動，即使父母也一樣。

貴代美懷第一胎時，他內心很期待是女兒。他當然對最後生下的是規士沒有不滿，規士小時候也很可愛，但窺視內心的潛意識，發現自己內心對青春期的男生向來有這些想法，如果可以，不希望青春期的男生出現在自己眼前。

然而，規士已經成長到這個年紀，一登必須面對現實。

規士購買雕刻刀，應該有他的理由。

即使規士內心有某些衝動，一登也無法控制。

如果以為自己有辦法控制，那就是一種狂妄。

既然這樣，到底該怎麼辦？

只能讓規士自己控制。

到頭來，身為父母，只能叮嚀一些只有父母會說的陳腔濫調，而且他認為這是最好的方法。

「我知道了，等他回來，我會說他。」

一登向貴代美承諾，把內心的鬱悶隨著深深的嘆息一起吐了出來。

那天，一登提早結束工作，帶酷奇去散步後很快就回來了，然後就坐在餐桌旁等規士回家。

小雅自從退出吹奏樂社後，就專心為考高中做準備。這天獨自吃完咖哩飯後，六點多就出門去補習班上課。

不久之後，規士回家了。

他沒有說「我回來了」，一登看到他準備上樓，立刻叫住他。

「規士，我有事要和你談一下，你去放好書包後下來這裡。」

規士微微皺了一下眉頭，但似乎並不感到訝異，而是不經意地流露出對又要聽父親囉嗦這件事的厭煩。

規士上樓後磨蹭了四、五分鐘，最後換了T恤和短褲的居家服回到客廳。

「你坐下。」

一登指了指對面的位置，規士順從地拉開椅子，但同時看到了一登放在手邊的雕刻刀，單側臉頰微微抽搐。

一登聽貴代美說了之後，去規士房間的書桌抽屜裡找到了這把雕刻刀。這把刀就放在抽屜右上角的角落。

「這是你買的嗎？」

一登看向雕刻刀問規士。

「不要隨便亂翻別人的書桌。」

規士沒有回答一登的問題，用不悅的聲音這麼說道。

「那得看時間和場合。」一登說。

不知道是否因為桌上放了刀子的關係，一登和規士之間有一種平時所沒有的緊張感。一登覺得自己好像注視著兒子內心的刀子。

「爸爸也不想做這種事，但是，如果你把什麼危險的東西帶回家，我身為一家之主，就不能視若無睹、袖手旁觀。」

「哪有什麼危險，」規士不耐煩地輕輕嘆了一口氣後說，「你不是也有這種東西嗎？」

「我是用來做木工活，你又不上美術課，有什麼用途？」

「什麼用途……很多用途啊。」

「你說很多用途，我怎麼知道是什麼用途，把話說清楚。」

規士似乎無法回答，沉默不語。

原本站在廚房的貴代美走了過來，在一登身旁坐下。

「規士，你是不是在外面捲入了什麼糾紛？」她探頭看著規士的臉問，「是不是和你臉上的傷有關係？」

「沒有關係。」規士小聲回答。

「如果你在外面和一些危險的糾紛有什麼牽扯，我們身為家長不能不過問。」

「我說了沒事。」

規士一再重複這句話，餐桌上陷入沒有交集的沉默。

「如果你是對木雕，或是塑膠模型，總之是對製作東西產生興趣，所以去買了這個，爸爸就什麼也不說，把這個交還給你。」

雖然不知道規士捲入了什麼糾紛，但一登覺得是因為他整天碌碌無為混日子，才會招惹這些麻煩，所以就這麼對他說。

「如果你因此對建築產生興趣，想要和爸爸做相同的工作，爸爸和媽媽都會很高興。」

貴代美似乎不希望氣氛太凝重，所以用輕快的語氣說道，規士皺起了眉頭。

「不，我並不是想要表達如果規士願意繼承我的事業，我會很高興，我並沒有這麼想。」

貴代美發現自己的話遭到否定，不滿地閉了嘴，但一登沒有理會她，繼續說下去。

「你的人生屬於你自己，我很清楚父母過度的期待會讓你感到很厭煩，因為我在你那個年紀的時候也一樣。」

一登的父親已經離開人世，但他以前在老家那裡的大學當老師。雖然並不是特別好的大學，但只要在大學當老師，這個頭銜就可以讓周圍人肅然起敬。父親的自尊心也很強，父親的激勵和鞭策讓少年時代的一登壓力很沉重。

「爸爸對你唯一的要求，就是不要給別人添麻煩。只要能夠遵守這一點，你要怎麼過你的人生，都是你的自由，你必須自己尋找想做的事。如果你想創作什麼，為此買了這些工具，我也不會因為覺得和爸爸的工作有關而感到高興，而是因為你主動想要做什麼而感到高興。當然，如果你最後對建築這個行業產生興趣，爸爸不會阻止你，也會向你提出建議，告訴你需要學什麼。」

「說了一大堆，還不是想要我繼承。」規士抓住話柄，語帶諷刺地說。

「你錯了，這個行業沒這麼好混，無心從事這一行的人根本無法繼承。」

規士聽了一登的話閉嘴，輕輕聳了聳肩，似乎覺得這和他無關。

「如果你無法回答使用目的，這就暫時由爸爸保管。」

一登用目光指著雕刻刀說，規士露出憤恨的眼神看著刀子，還是什麼都沒說。

「就這件事嗎？」

他冷冷地丟下這句話，想要站起身。

「你在暑假之後，好幾次玩到天亮才回家，都和誰在一起？」

「即使我說了名字，你也不知道是誰。」規士不悅地回答。

「仲里嗎？」

「那都多久以前的事了？」

仲里涼介是規士讀初中時經常提到的朋友，曾經來家裡玩過好幾次。個性開朗，看到大人會主動打招呼。

但聽說他進了另一所高中，現在似乎已經不在一起玩了。

「是高部嗎？」貴代美問，似乎表示她知道。

「是高中的朋友嗎？」

「很多朋友啊。」

規士語氣生硬地結束了這個話題，走去二樓。

這不太像是叛逆期。

規士讀初中的時候，雖然會對父母說話感到厭煩，但行為舉止有小孩子的活潑。那時候的確就是叛逆期。

如今，這種活潑消失了，只剩下忤逆的態度。

果然是因為受傷退出社團活動這件事產生的負面影響。每天的生活失去重心，只能和一群狐朋狗友一起打發時間，不想正視這個現實。

但是，他的內心深處仍然乾枯。規士的那些狐朋狗友也缺乏生活重心，彼此的環境都差不多。他和這種朋友混在一起，只會越來越墮落，糾紛不斷。

如果能夠找到可以投入的事，就可以改變目前這種鬱悶的現狀。一登抱著這種期待，和規士聊了各種可能，但規士完全無動於衷，讓一登感到心浮氣躁。

但是，回想起自己年輕的時候，也經常覺得父母無論說什麼都很煩，到頭來只能靠他自己去發現、產生興趣。

貴代美的鼻孔用力吐氣代替了嘆息，一登和她四目相對。和兒子之間的對話完全沒有交集，她顯得有點困惑，但白天和一登討論刀子的話題時的不安緩和許多。

規士應該知道，父母有在注意他的行為。在這種問題上，讓他覺得大人有點囉嗦剛剛好。

至少他應該不會因此惹出什麼麻煩。

4

——即使願不願意，他們都氣勢如虹。

貴代美看著眼前校對稿上的文字，小聲嘀咕起來，「即使願不願意……無論願不願意……」。

作家應該寫錯了……她做出這樣的判斷，用自動鉛筆把「即使願不願意」圈了起來，然後拉出一條線，寫上「即使再怎麼不願意？」幾個字。她翻開放在旁邊的字典，比較了「無論願不願意」和「即使再怎麼不願意」的解釋，然後寫在下面。

這位作家小有名氣，寫的文字卻很粗糙……貴代美在那一頁上貼了自黏便箋，覺得有點好笑。雖然還剩下三分之一，但已經校對過的稿子上貼滿了便箋。

因為這三天很認真工作，所以在連假結束時應該可以校對完畢，把稿子交給校對社。

目前正值白銀週的五天連假，但和貴代美沒有太大的關係。兩個孩子已經不是會央求父母帶他們出去玩的年紀了，小雅在連假期間每天去補習班上特別課程，規士一個人出去玩，昨晚又沒有回家。連假最後一天，有空的人會一起去秋分掃墓，再順道去探視一下母親，這個連假的活動就算結束了。

她在安靜的客廳繼續工作，在時鐘指向十一點半時放下了自動鉛筆，開始準備午餐。

躺在窗邊的酷奇緩緩站起，跟在貴代美的腳邊。酷奇傍晚才吃飯，但貴代美在做午餐時，有時候會把多餘的起司給牠當點心，所以牠對此充滿期待。

貴代美把砧板放在中島型廚房，切著用來煮味噌湯的白菜。在切菜的時候，忍不住擔心起規士。他昨晚出門後，到現在仍然沒有回家。

暑假時，規士有四、五次晚上出去玩，直到隔天才回家。第二次的時候，貴代美忍不住埋怨，規士回答說：「總不能只有我一個人說要回家。」他們似乎是好幾個人一起玩，規士的態度似乎表示，高中生也有高中生的社交，並沒有理會貴代美的埋怨。一登在暑假時也沒有多管規士。十天前，發生了雕刻刀的事，他才終於向規士敲了警鐘。那個週末的晚上，規士並沒有出去玩，所以貴代美覺得一登的管教有一定的效果。

沒想到開始進入白銀週的昨天星期六晚上，不知道是否有朋友邀約，規士吃完晚餐後就出門。他原本在家裡穿短褲，但換了牛仔褲和薄質連帽衫走下樓梯，貴代美問他：「你要出去嗎？」規士只是簡短地回答：「出去一下。」即使貴代美對他說：

「早點回來」，他的回答也很含糊。態度和平時差不多。

但是，以前晚上不回家時，隔天早上就會回家，最晚十點多就會到家，然後直接上床睡覺，下午兩三點之前都不會下樓。貴代美猜想他可能熬夜玩了一整晚。

他以前從來沒有將近中午還沒有回家的情況，所以貴代美忍不住擔心，不知道他到底在外面幹什麼。

快十二點時，一登從事務所回到家裡。今天吃完午餐後，他要去看之前來參觀家裡的種村夫妻買的那塊地。

他在餐桌旁坐下後，瞥了一眼牆上的時鐘，匆忙開始吃午餐。

貴代美在他對面倒茶後坐了下來，拿起自己的筷子嘀咕說：「不知道規士在幹嘛。」

「別管他。」一登夾著竹筴魚一夜乾說，「八成是熬夜玩瘋了，即使妳去叫他，他也不會起床。」

「不是，」貴代美說，「他還沒有回家。」

「啊？」

一登再度看向剛才看過的牆上時鐘，無奈地皺了皺眉頭，小聲嘀咕說：「不像話。」

「要不要打電話給他？」

「別管他。」一登不悅地回答後，又改口說：「傳電郵給他。」

「也對。」

吃完午餐，貴代美還沒收拾碗盤，就先拿起了手機。

「即使是連假，也不能太沒分寸。」

一登小聲嘀咕，不知道是不是要求貴代美在電郵中這麼寫，然後又回事務所上班。

剛傳完電郵給規士，手機就響了。是貴代美簽約的校對社經理神山靜香打來的。

貴代美的大部分工作都是透過校對社接的校稿，雖然也有出版社編輯直接找貴代美校稿，但這種案子的數量並不多。透過校對社接的案子當然會扣除相當一部分的手續費，但可以確保工作量。無論校稿能力再強，在出版這個行業想要靠個人名義接案還是有相當的難度。

〈我想瞭解一下妳目前的進度。〉

「目前沒問題。」

〈對方希望可以在星期五交稿。〉

「沒問題。」

〈是嗎？那太好了。因為這部作品剛完成，而且作者拖稿了，我猜想修改的幅度會很大，所以原本還有點擔心。〉神山鬆了一口氣說道。

「嗯，雖然改了不少地方，但應該可以如期完成。」

〈月底還會有另一本要麻煩妳，看來時間上沒問題。〉

貴代美想到神山的兒子比規士大一歲，所以忍不住想和她聊一聊。

「託妳的福，幸好至少工作還很順利。」

貴代美開玩笑說道，神山立刻好奇地問：

〈嗯……發生什麼事了嗎？〉

「我兒子退出社團之後，整個人好像都鬆掉了……」

貴代美告訴她，兒子經常徹夜不歸，即使數落他，過了一陣子又故態復萌。

「妳兒子會這樣嗎？我有點不太清楚是其他小孩子都這樣，還是只有我兒子這樣……」

〈不知道是幸運還是不幸，我兒子目前還在參加社團活動，平時根本沒時間玩。〉神山帶著苦笑回答，〈我有時候會想，他明明只是個候補選手，卻練得那麼賣力。今天也一大早就去參加訓練比賽了。〉

「我記得妳兒子好像在打排球……所以他暑假也整天忙社團嗎？」

〈對啊對啊，所以即使他徹夜不歸，也都是參加社團的合宿。〉

「那就不需要擔心了。」貴代美說完之後，鼓起勇氣問：「妳覺得我兒子有問題嗎？」

〈他有沒有抽菸或是喝酒的跡象？〉

「從來沒有喝醉酒回家，或是身上有酒味，也沒有菸味，在家裡也不會抽菸……但不久之前好像和同學打架，回家時臉上有瘀青，然後還偷偷買了刀子，我老公質問他想用來幹什麼，然後把刀子沒收了……」

〈啊，這可能有點讓人擔心。〉神山用輕鬆的語氣表達了同情，〈即使說了也不聽，八成是受到那些朋友的影響，搞不好其中有行為不良的孩子。〉

「我也覺得，」貴代美點頭，「初中的時候，他會帶同學回家，所以我知道他和哪些人來往，但上了高中後，可能同學都住得比較遠，他就沒再帶朋友回家。」

〈搞不好他們都聚在某一個同學家裡，有些家庭已經崩潰，即使一群孩子在深夜吵鬧，家裡的人也不會說什麼。〉

雖然貴代美覺得有可能，但也不知道該怎麼辦，神山似乎也一樣。〈再過一陣子，等妳兒子玩膩了，也許就會安分了。〉最後用這句有點事不關己的話結束這通電話。

貴代美重新面對尚未完成的工作，繼續校對稿子，但每次修改作者文字上的錯誤，或是貼上寫了疑點的便箋，就會忍不住分心想到手機。他什麼時候會回電郵？怎麼還沒有收到？滿腦子都是這些念頭。

她猜想規士可能玩通宵後，現在正在朋友家睡覺。規士平時整天都在玩手機，只要貴代美傳電郵給他，每次都會回，哪怕有時候只有三言兩語。

他沒有回家睡覺，是打算今天晚上也不回家嗎？……這件事讓貴代美感到擔心。連續兩晚都在外面鬼混，連家也不回，真的有點太誇張了。不能讓他越玩越凶，不能只讓一登出面，自己也要好好規勸他。

她正在想這些事，家裡的電話響了。一看液晶螢幕，發現是春日部的娘家打來的。目前只有母親扶美子和姊姊聰美住在貴代美的娘家，聰美十年前離婚後搬回娘家，她沒有孩子。

一登的老家住在岐阜，目前由一登的哥哥當家，一登和貴代美只有在重要的法事時才會回去，秋分掃墓季節，也都去春日部的娘家掃墓。

無論是母親打來的，還是姊姊打來的電話，八成都是為了討論這件事。貴代美這麼想著，接起電話。

打電話來的是姊姊。

〈你們這次會回來掃墓嗎？〉

聰美果然然這麼問。

「嗯，會去啊，只是可能會最後一天才去。」貴代美回答，「媽媽還好嗎？」

貴代美的母親扶美子今年七十六歲，身體並不太好。七年前因為胃癌切除了三分之二的胃，身體瘦了一大圈，後遺症導致身體狀況不佳，也困擾了她很多年。母親仰賴自然食品、昂貴的營養補充劑，或是求助於宗教的身影讓人覺得很可憐，但設身處地想一想，就覺得情有可原。

〈夏天的時候，身體好像有點虛。〉聽美說明母親的情況，〈最近天氣涼快了些，她終於能稍微走動了。〉

「有沒有開冷氣？」

〈我會幫她開，結果發現她又去關掉了，於是我又幫她打開，簡直就像在玩打地鼠。〉

母親不喜歡冷氣，但今年夏天實在太熱了，沒有冷氣根本沒辦法撐過去。

〈媽媽很期待你們回家。〉

「嗯。」

雖然每次見面，母親就會用她信奉的宗教特有的方式，舉手為貴代美他們祈禱，說是為他們淨靈，讓人有點受不了，但隨著母親漸漸老去，也可以深切體會到她的母愛，所以貴代美覺得邊喝茶，邊和母親聊天也是一種孝順。

〈小規他們也會來嗎？〉

母親當然很歡迎規士和小雅回家，聽美自己沒有孩子，所以也很期待看到他們。

貴代美雖然完全瞭解這些狀況，但這兩三年，都不敢輕易答應。

「我會帶小雅回家……規士的話，目前還不確定。」

因為不知道規士會不會去，所以已經要求小雅不要安排在那一天去補習班上課。

但聰美似乎感到不滿。

〈為什麼？小規不是已經退出社團了嗎？〉

「雖然是這樣……」

貴代美叮嚀聰美不要告訴母親，把規士在暑假之後，經常夜不歸宿，昨天也出去玩，到現在還沒有回來的事告訴了聰美。

〈啊呀呀，玩通宵只會累壞身體，到底哪裡好玩？〉聰美無奈地笑著說。

「聽說高中生有高中生的社交。」

貴代美嘀咕，聰美似乎覺得這句話很有意思，又笑了。

〈所以比大人還忙。〉

「這件事一點都不好笑。」貴代美說，「可能第一次的時候，我沒有好好罵他。之前暑假的時候，我老公也沒有說他。我猜想是因為他以前讀高中時，也曾經晚上不回家，所以我也覺得既然是男生，沒必要為這種事大發雷霆……」

〈因為一登是家裡的次子，你們是次子次女夫妻，而且兩個人都是老么，所以都太寵孩子了。〉

你們兩個人都是老么，真擔心你們能不能好好維持婚姻。你們兩個人都是老么，所以很多想法太天真。姊姊經常把這些話掛在嘴上。姊姊和她的前夫都是長子長女，結果還不是離了婚，這種理論毫無說服力。但姊姊是因為姊夫多次外遇，最後發現他還和別的女人生了私生子，才決定離婚，所以貴代美也無法以此來反駁姊姊。

無論規士還是小雅，從小就教他們做人的道理，只是貴代美知道自己不喜歡斥責孩子。嘮嘮叨叨地罵人不符合她的個性，看到別的父母這麼做也無法苟同。她認為應該有其他的方法，說句心裡話，她覺得那種樣子很醜陋。

如果說這就是寵孩子，自己也許真的很寵孩子。之前都對姊姊說的話充耳不聞，但今天這些話都刺進心裡。

〈掃墓的時候，妳帶他一起回來，我好好說他。〉

如果帶規士回家，聰美就會纏著規士，讓他覺得很煩，所以姊姊的話根本靠不住。話說回來，規士應該不願意一起去掃墓，所以這種情況也不會發生。

「好，好，到時候就拜託妳了。」

貴代美敷衍回答，結束了這通電話。

你在幹嘛？不要因為放連假，就整天都往外跑不回家。

我有事找你，你馬上回覆我。

規士仍然沒有回電郵，貴代美忍無可忍，寫了一封措詞比較強烈的電郵寄給他，也沒有用任何平時常用的表情符號。

規士這下子應該知道，媽媽難得動怒了。

她放下手機，繼續工作，雖然遲遲無法專心，但工作還是必須完成。她每校完一頁，就忍不住瞥向手機漆黑的螢幕，而且不知不覺抖起了腳。

她放鬆全身的力氣，吐了一口氣，然後起身走去廚房泡咖啡。

她將燒開的熱水倒進濾杯時，聽到手機傳來收到電子郵件的聲音。

終於回覆了……貴代美暗自鬆了一口氣。剛才的電子郵件果然奏效了嗎？還是他原本在睡覺，現在剛好起床？

她拿著咖啡杯回到桌前，放下咖啡杯，拿起手機。液晶螢幕上顯示了收到規士傳來的電子郵件。

貴代美操作著手機，打開了電子郵件。

對不起，因為發生了很多事，現在還沒辦法回家。

但不用擔心。

我會再傳電子郵件給妳。

貴代美沒想到規士竟然豁出去了，回覆說什麼現在還沒辦法回家，看著電子郵件不禁愕住了。

他不知道我有多擔心……太不像話了。

她越想越氣，聽到車子停在家門口前的聲音。一登回來了。

一登去了事務所一趟，但很快就踏進了家門。

「規士說，他暫時還沒辦法回家。」

一登走進客廳，她就迫不及待地說，他驚訝地問：「為什麼？」

「不知道。」貴代美回答，「他只說還會再聯絡。」

「他在說什麼鬼話！」一登撇著嘴角，似乎覺得兒子太莫名其妙了，「打電話給他。」

「對喔。」

貴代美也覺得該這麼做。

只不過規士和朋友在一起時，通常不會接貴代美的電話。有時候隔了一會兒回電問「有什麼事?」，有時候會用電子郵件回覆貴代美在語音信箱的留言，所以在規士和朋友出去玩時，貴代美很自然地只用電子郵件和他聯絡。

她在一登的促使下撥了電話，但不知道是不是該說不出所料，規士沒有接電話，轉接到語音信箱了。

「我是媽媽，不要說什麼沒辦法回家，打一通電話回家。雖然我不想囉嗦，但我很擔心你。知道嗎？打電話給我。」

貴代美留言後掛上電話。因為不是直接通話，所以忍不住感到不安，但規士聽到媽媽的語氣這麼嚴肅，他應該知道自己闖禍了。

四點多時，小雅從補習班回到家。

「今天晚餐吃什麼？」

她一踏進家門就問，似乎表示肚子餓死了。

「晚餐喔，」雖然也可以用冰箱內剩餘的食材做一餐，但如果想做孩子喜歡吃的菜，就必須出門買菜，「雖然也可以出去外面吃，但哥哥還沒有回家。」

「還沒回家？是從昨天出門之後，就一直沒回家嗎？」

「是啊。」

「哇噢，他在幹嘛？」小雅一副事不關己的態度，表達了驚訝的感想，「真是太墮落了。人一旦失去了人生的目標，就會變得很脆弱。」

「妳少說廢話，打電話給哥哥看看，我打電話給他，他都不接。」

「傳電子郵件給他就好了吧。」

「也可以……反正就叫他趕快回家。」

小雅走上二樓後，剛才在事務所的一登回來了。目前在放連假，所以他似乎提早結束工作。

「我晚上想去外面吃。」

「好啊。」

貴代美工作忙碌的時候經常叫外賣，或是出去吃飯，一登已經習慣了。

「但規士還沒有打電話回家……」

「不管他了。」

一登似乎已經不想理會兒子了。

「酷奇，我們去散步。」

他換下西裝褲，穿上棉質休閒褲，為酷奇繫上狗鍊，帶牠出去散步了。

貴代美心情無法平靜，但還是繼續工作。

——之所以會唾手可得她的提案，是因為她的提案具備了打破常識的大膽。

才不是唾手可得……貴代美用自動鉛筆圈起了校對稿上的文字，然後拉出一條線，寫上「覬覦 or 垂涎」。她在寫字時忍不住用力，然後看到自己寫了這麼硬邦邦的字嚇了一跳。

她放下筆，看著手機，重重地嘆了一口氣。

他到底去哪裡玩了？

也許不是在這附近……貴代美漸漸有這種感覺。

也許他去了池袋或是澀谷這些東京的熱鬧地方。

希望他不會做壞事……

她又嘆了口氣，拿起了筆。

雖然無法專心，但還是繼續校稿，這時，一登帶著酷奇散步回來了。

「太陽下山之後，一下子變涼了，風吹在身上很舒服。」

他隻字不提規士的事，坐在沙發上，翻著建築雜誌。

天色漸暗，快六點的時候，小雅從二樓走下來。

「我傳電子郵件給哥哥，他也不回我。我打電話，聽到語音說他已關機。」

「啊？」貴代美抬起頭的同時，聽到一登咂嘴的聲音。

「別理他，別理他，他可能很不想回家，今天晚上也不會回家。我們在這裡為他提心吊膽，簡直就像傻瓜。」

「希望沒有出什麼事……」貴代美內心無法消化現狀，忍不住說出了不安。

「如果出了什麼事，怎麼會關機？」一登語帶嘲諷地說，「不就是不想接我們的電話嗎？」

「雖然是這樣——」

「好了，別理他。」一登堅持這種態度，「但他回來之後，就要他好好坐下來談一談。之前太放縱他了，妳不要再袒護他了。」

一登似乎已經忍無可忍，但得知一登並沒有將兒子拒之門外，而是打算在他回家後教導他，貴代美決定聽從一登的意見。

讓酷奇吃完飯，他們一家三口在六點多時出了門，開車去了國道旁的家庭餐廳。中途在國道的十字路口時，看到好幾輛警車響著警笛呼嘯而過。

他們在家庭餐廳沒有再談論規士。小雅說，想去參觀豐島女學院的文化祭，不知道上完課去參觀是否來得及，於是就用手機查了相關活動，一下子說著「討厭，好像不行」，一下子又說「等一下，好像沒問題」，臉上的表情變化很豐富。貴代美和一登兩個人看著她自言自語。

吃完各自點的餐，大約四十分鐘左右，走出了餐廳。回家的路上，又聽到遠處傳來警車的聲音。

「是不是出了什麼事？」

坐在後車座滑手機的小雅抬起頭，小聲嘀咕著。

「啊？」

小雅並沒有繼續說下去，聽她的語氣，並不像是情不自禁說出了內心的不安，好像在說完這句話的下一刻，似乎就已經開始想其他的事，而且她在說完之後，的確又立刻低頭看手機。

雖然兩者並沒有因果關係，但小雅的話讓貴代美有一種不祥的感覺，只不過這種感覺微乎其微，並沒有讓她有進一步的具體想法。

只是這種微乎其微的不祥感覺讓她想起出門前的不安，於是又情不自禁從皮包裡拿出了手機。

規士仍然毫無音訊。

5

白天去參觀了種村夫婦買的那塊地，呈L形的土地有點不規則。

不過由於那塊地位在高坡上，所以二樓的視野應該值得期待。面積有四十五坪，空間夠大，不規則的土地能夠充分展現建築師本領。

要造怎樣的房子呢？

一登開著電視，躺在沙發上思考著這個問題，忍不住昏昏欲睡。目前正值連續假期，助理梅本今天也休息，一登除了去和種村夫婦討論以外，也安靜地處理了一些積壓的工作，但內心似乎存在著今天是假日的意識，所以無法像平時一樣長時間繃緊神經。再加上平時累積了不少疲勞，睡魔比平時更早爬上了泡完澡放鬆的身體。

聽到電話鈴聲，一登醒了過來。

電視正在播晚上九點的新聞。

他坐起來，環顧著客廳，沒有看到貴代美，她可能去洗澡了。

剛才沒喝完的水放在茶几上，他拿起水，潤了潤乾渴的喉嚨。事務所的電話轉接到家裡，所以接電話的聲音不能太慵懶，只不過現在這麼晚的時間，一登認為應該不是工作上的電話，而是親戚打來的。

他看了電話的液晶螢幕，上面顯示了貴代美娘家的電話。

「喂？」

〈喂……啊，是一登嗎？我是春日部的織田。〉

原來是貴代美的姊姊聰美。

「喔，妳好，貴代美正在洗澡。」

他拿著無線電話走去臥室張望，貴代美果然不在。

〈這樣啊……〉聰美的聲音難得這麼低沉，應了一聲之後猶豫片刻，才繼續說道：〈我有點擔心，小規已經回家了嗎？〉

「啊？」

一登不知道聰美怎麼會知道規士沒有回家，所以一時不知道該怎麼回答。

〈喔，貴代美白天告訴我的，所以我在想，不知道他回家了沒有。〉

「原來是這樣……」一登終於瞭解了狀況，苦笑起來，「我叫貴代美別理他，他玩夠了自然就會回家，到時候我們打算好好教訓他。」

〈呃……所以他還沒有回家嗎？〉

聽聰美的語氣，似乎很驚訝，而且似乎有點擔心。

「對，是啊……」一登回答時有點尷尬。

電話中傳來用鼻子吐氣的聲音，聰美又接著說道：

〈我剛才在看電視新聞，新聞正在報導戶澤發生了一起可怕的事件，應該和那起事件無關吧？〉

「啊？」

一登下意識地看向電視，那一台的新聞節目已經開始播報體育新聞。

「怎樣的新聞？」

〈怎樣的新聞……我不知道該不該說這麼可怕的事……〉

即使聰美這麼說，一登也不知道到底是怎樣的新聞，所以無法回應。他很有耐心地等待著，聰美終於下定決心開了口。

〈好像在一輛汽車的行李廂發現了一具屍體……那輛車子在馬路上拋錨，警察覺得很可疑，打開行李廂一看，結果就發現裡面有屍體。〉

「是在戶澤嗎？」

聰美說的事的確像她預告的那麼可怕，一登有點無言，但還是無法理解為什麼只是戶澤發生了這種事件，竟然會和規士不在家扯在一起。

〈對啊對啊，雖然不知道詳細的地點，但有說是戶澤。傍晚才發生的事，目前好像還不瞭解詳細的情況，但附近的民眾看到有幾個少年從拋錨的車子裡衝出來，然後逃走了。〉

剛才那種隱約的可怕感覺變成了不安。

「在行李廂內發現的屍體還沒有查明身分嗎？」

〈目前好像還不清楚身分，但新聞報導有說，看起來像是十幾歲的少年，所以猜想可能是那些逃走的少年的朋友，或是打架的對象……差不多是這種關係。〉

一登發出低吟。只是聽了之後，仍然對為什麼會扯到規士沒有真實感。一方面也是因為自己並沒有親眼看到那則新聞的關係。

「嗯，不知道是怎麼回事。這起事件聽起來的確很可怕，不過戶澤很大……」

〈是啊。我想應該無關，只是白天剛好聽貴代美提起，所以看到那則新聞，就突然擔心起來。〉

從聽美的語氣中，也知道她提這件事並沒有惡意，但反而因此增加了一登內心的不安，只不過還不至於不安到無法忽略的程度。

「不好意思，讓妳擔心了。規士回來之後，我會狠狠教訓他，說連春日部的阿姨都在為他擔心。」

〈我白天也和貴代美說了，掃墓的時候帶他回來，我也會好好說他。〉

「那到時候就拜託姊姊了……」

一登苦笑著回答時，身後傳來貴代美說話的聲音。「誰啊？姊姊？」她洗完澡，從二樓下來了。

「啊，貴代美來了，我讓她聽電話。」

一登不加思索就把電話交給了她，坐回沙發之後，才想到不應該把電話交給她。貴代美比一登更愛操心，兩個孩子年紀還小的時候，傍晚下雷陣雨，她就會忍不住拿著雨傘衝出家門，在規士和小雅放學路上走來走去。今天白天的時候，她就因為規士沒有回家坐立難安，聽了她姊姊說的事，一定更加疑神疑鬼。

貴代美和聰美說話時的聲音越來越小聲，把無線電話放在耳邊，心神不寧地看著電視，另一隻手拿起遙控器轉台，看有沒有其他頻道在播新聞報導。她心不在焉地附和著聰美，雖然才剛洗完澡，但臉上的紅暈已經消失了。

掛上電話時，她肩膀起伏喘著氣。

「你有沒有看到新聞？」

她用遙控器不停轉台，問一登。

「不，我沒看到。」一登回答後，故意放慢了說話的速度，「妳不要緊張，聰美也沒有任何根據。」

貴代美對一登的話沒有反應，放下遙控器後嘆了一口氣，但似乎無法安靜下來，拿起了放在矮櫃上的手機。

規士仍然沒有打電話或是回電子郵件。

「是不是該報警？」

貴代美鼓起勇氣問。

「等一下。」一登努力想要讓她平靜下來。

「因為太不正常了啊，完全聯絡不到他，而且兩天都沒回家。」

「昨天晚上到現在才一整天而已。」一登冷靜地對她說，「而且他白天不是曾經寄了電子郵件給妳，說暫時沒辦法回家嗎？把那封電子郵件給我看一下。」

一登從貴代美手上接過手機，看了規士唯一回傳的電子郵件。內容和貴代美告訴他的完全相同，他覺得自己不能像貴代美一樣感到不安。

「他上面寫著『不用擔心』、『我會再傳電子郵件給妳』，即使去報失蹤，妳覺得警方會受理嗎？」

「但是他說會傳電子郵件給我，根本就沒有啊。」

「警察只會去找那些好幾天都沒有回家、在街頭流浪的孩子，妳今天中午還收到他的電子郵件，妳覺得警方會認真當一回事嗎？」

「但是……」貴代美的聲音比剛才更輕了，「萬一真的被捲入姊姊說的那起事件怎麼辦？」

一登想要一笑置之，但臉頰的肌肉比自己想像中繃得更緊，無法順利活動。喉嚨也好像被掐緊般沉重，無法發出聲音。

「妳想太多了。」

一登好不容易才擠出沙啞的聲音。

貴代美說的被捲入事件，應該是指那具在行李廂發現的屍體。一登想到這一點，也感到坐立難安。

「既然新聞已經報導，就代表警察已經開始展開偵查，如果真的有關，就會打電話來家裡。」

「但現在只是在行李廂發現，還不知道是誰啊。」

「那是新聞這麼報導，警方未必不知道。日本的警察很優秀，很可能已經知道了。」

「你憑什麼這樣斷言？」貴代美滿臉痛苦的表情，似乎無法忍受和一登爭論，「我也不希望在行李廂發現的是規士，但目前這樣根本無法瞭解狀況，我只是想向警方確認，讓自己放下心而已。」

她在說話時內心越來越不安，彷彿快爆炸了。

「我知道，妳先別激動。」

貴代美露出坐困愁城的表情，重重嘆了一口氣，小聲嘀咕著「為什麼不打電話回家？」操作著手機，然後放到耳邊，說了聲「他還是關機」，無力地把手垂了下來。

電視開始播報十點的新聞，介紹了連續假期各旅遊景點的情況，又播報了逼近沖繩的颱風消息。結束之後，女主播開始播報下一則新聞。

〈今天傍晚六點左右，一一〇接獲民眾報案，埼玉縣戶澤市的市道上，有一輛車子開上人行道的路緣石拋錨。附近居民目擊原本坐在車上的數名男子逃離現場，警方趕到現場後，調查了那輛車，在行李廂內發現一具用塑膠布包起的年輕男性屍體。警方根據屍體的狀況研判，該男子很可能捲入了某起事件遭到殺害，目前正在進一步偵查逃離現場的那些男子的下落，同時調查該輛汽車的車主。〉

一登和站在沙發前的貴代美一起屏息斂氣地看著電視。

畫面切換後，在現場採訪的記者出現在螢幕上。那似乎是八點左右拍到的影片。

〈我目前所在的位置是戶澤市的案發現場，這裡離戶澤車站大約三點五公里，在一片住宅中，有農田和雜木林，我的眼前是交通量並不大的市道。

〈目前警方人員身旁的那輛黑色轎車，就是案發的那部車輛。不知道各位是否看到車子衝上了人行道的路緣石。今天傍晚六點左右，那輛車子在那裡拋錨，警方在行李廂內發現了一具屍體。〉

雖然有燈光照亮夜晚的道路，但看不清楚是戶澤的哪一帶。既然離車站有三點五公里的距離，顯然地點有點偏僻。

警方人員忙碌地走來走去，螢幕角落可以看到湊熱鬧的民眾在遠處圍觀。

〈我目前所站的位置是三岔路口，黑色轎車從這裡進入後，在這裡右轉，但車速似乎太快，無法順利轉彎，結果就衝上了那裡的人行道。車子拋錨後，有好幾名年輕男子離開車子，又回到我站的位置這裡，然後逃走了。〉

畫面又切換到採訪一個老太太的影片。

〈只聽到砰的一聲巨響，當我轉過頭時，看到車子已經衝上人行道，車上的人試圖把車子開走，但兩三分鐘後就放棄了，然後全都下了車，轉眼之間就往那裡逃走了……〉

〈都是年輕人，最多差不多是高中生。我看到兩個人。〉

螢幕上出現現場的示意圖，一登終於瞭解大致的位置。那是車站西北側的丘陵地，靠近東京那一側，剛好在一登住家對角線另一端的位置。

新聞播放了車子衝上人行道，車上的兩個人逃走的電腦動畫後，攝影棚內的主播點名正在戶澤警察分局前的記者。

〈關於那具屍體，目前有沒有掌握什麼消息？〉

在警察局前的記者被主播點名後，開始為觀眾報導。

〈那具在行李廂內發現的屍體，臉部和腹部都有多處刀傷和毆打的痕跡，警方認為很可能是在遭到殘酷的暴力之後死亡。屍體的腐爛情況並不嚴重，所以目前認為死亡時間大約為昨天到今天之間。目前警方正在確認死者的身分，從外表的特徵來看，應該是十五、六歲到十八、九歲，剛好是高中生左右的年紀。〉

〈如果還有其他掌握的情況，請告訴我們。〉

〈是，屍體用塑膠布包起後，放在行李廂內。行李廂內還有挖泥土用的鐵鏟。〉

〈所以車上那些男子很可能打算棄屍，結果在半路上發生了意外嗎？〉

〈對，我認為以現場的狀況判斷，完全有可能是這種情況。〉

雖然戶澤以前也曾經發生過可怕的事件，但一登第一次全身感受到不吉利的感覺。雖然告訴自己，規士並不一定被捲入這起事件，而且和規士無關的可能性更高，但這種感覺仍然揮之不去。

攝影棚內的評論員表示擔心少年犯罪的可能性，主播說，如果有後續消息，會立刻進行現場連線，然後結束了這則新聞。

「看吧。」

一登差一點沒聽到貴代美說話，但貴代美露出逼迫的眼神看著他，他才猛然回過神。

「怎麼辦？」

貴代美的態度似乎表示，如果你不採取行動，她就要採取行動。一登發現自己也在不知不覺中強烈地認為，如果不採取任何行動，渾身都會不舒服。

「好，等我一下。」

說完，他拿起了無線電話。這種時候不應該打一一〇，應該打分局的電話……他這麼想著，然後用電話簿查到了戶澤分局的電話，按下電話號碼。

電話接通後，他告訴接電話的人，目前兒子失聯，所以想打聽一下新聞報導提到的那起事件，電話立刻轉接到相關部門。

〈你好，這裡是少年課。〉一個男人接起了電話。

「不好意思，我想請教一件事。」

〈什麼事？〉

「我剛才在新聞中看到，戶澤發生了一起在行李廂內發現屍體的事件，所以很擔心……因為目前我無法聯絡到正在讀高中的兒子。」

〈從什麼時候開始聯絡不到他？〉

「他昨天晚上出門，今天下午三點左右曾經寄了一次電子郵件，之後他的手機就關機了。」

〈你不知道他去了哪裡嗎？〉

「他應該去朋友家。」

〈但你並不知道他具體去了誰家？〉

對方向一登確認，似乎對這種事見怪不怪了。

「對。」

〈他在電子郵件中寫了什麼？〉

「他說現在還沒辦法回家，但不用擔心……還會再和家裡聯絡。」

〈但現在電話打不通嗎？〉

「對。」

〈除此以外，還有其他讓你擔心的理由嗎？〉

「因為我看到剛才的新聞。」

〈除此以外呢？〉

「沒有……」

〈這樣啊。〉員警停頓了一下，似乎在思考，〈如果是這樣，可以再繼續觀察一下，我認為並不是馬上需要擔心的狀況。〉

「已經查明那起事件的被害人身分了嗎？」

〈目前正在調查……你請稍等一下。〉

電話中暫時沒有聲音，員警似乎在向誰確認，然後又接著說：

〈為了謹慎起見，可不可以請你告訴我，令公子叫什麼名字？〉

一登聽到對方這麼問，說了規士的名字，也回答了規士的年齡、學校的名字和身體特徵。

電話再度安靜下來，對方又不知道在和誰討論。

〈嗯……目前還在確認被害人的身分，萬一有可能和令公子有關，我們會主動和你聯絡，目前只能告訴你這些。〉

一登認為，如果完全不瞭解被害人的身分，警察應該會更謹慎研究死者是規士的可能性。也許目前已經大致掌握了被害人的身分，或是身體特徵完全不同……一登隱約有這樣的感覺。

「如果有進一步的消息，是否可以通知我？」

一登說完，留下了自己的姓名和電話。

〈目前是連續假期，我們接到很多家長的電話，說小孩子出去玩沒有回家。身為家長，當然會擔心，但要不要再等一下？如果明天或是後天仍然沒有回家，也聯絡不到令公子，你們感到很擔心，可以來分局報案。只不過如果警方認為沒有牽涉到刑事案件，基本上不太會展開搜尋，所以你們家長可以先調查一下令公子的朋友關係，看他有沒有和朋友在一起。〉

「好，我瞭解了，不好意思，在你忙碌之中打擾。」

和員警通話後，一登的心情稍微恢復平靜，但一旁的貴代美仍然滿臉不安，目不轉睛地看著一登。

「他們怎麼說？」一登掛上電話，貴代美立刻問。

「雖然目前還沒有查明身分，但我猜想警方應該已經有大致的方向了，至少並不像是規士。」

「真的嗎？」

「如果對方覺得有可能是規士，不可能不繼續追查。」

「那就好……」

一登的話似乎稍微消除了貴代美內心的不安，她無力地癱坐在沙發上。

「真是嚇死我了。」

貴代美似乎終於能夠笑出來了，露出淡淡的苦笑說。

「現在就等明天了，如果中午之前還聯絡不到他，就要調查他的朋友關係，採取相應的行動。」

「對啊。」貴代美聽了一登的話，點頭。

6

隔天早晨，貴代美在廚房做早餐，小雅從二樓走了下來。

「哥哥還沒回來嗎？」

小雅沒有進廚房幫忙，撫摸著上前迎接她的酷奇，懶洋洋地問。

「妳知道他會去哪裡嗎？」貴代美問。

「我怎麼可能知道？」小雅冷冷地回答，「對了，今天補習班上完課，我要和未央她們一起去唱KTV，好久沒去了，等一下給我一點零用錢。」

「補習班下課後再去要唱到幾點？」

「四點就下課了，下課後再去也沒問題吧？」

「是沒問題……現在天色很快就暗了，六點之前要回家。」

「六點？」小雅不服氣地嘟起了嘴，「哥哥可以整天不回家，我的門禁竟然是六點，這也未免太扯了。」

「什麼太扯了？」

一登去門口拿報紙回來，一進門就聽到小雅說這句話，所以立刻問道。

「媽媽給我零用錢的條件是六點門禁。」小雅向一登報告，似乎想要求助，「六點就要到家的話，去KTV一個小時就要離開了。我們四個人一起去，只能唱兩三首歌。」

「那就六點半。」

「根本沒差啊。」

「不能在外面玩得太晚，昨天晚上去吃飯時，不是聽到很多警車的聲音嗎？發生一起很可怕的事件。」

「什麼事件？」

一登沒有回答小雅的問題，在餐桌旁坐了下來，翻開報紙。

「什麼事件嘛？」

一登不發一語地看著報紙，隔了一會兒說：「報紙上有登。」

「哪裡？」

小雅探頭看著報紙，一登抬頭看著貴代美說：

「查到被害人的身分了。」

他說的是從行李廂發現的屍體身分。

「報紙上有登嗎？」

聽一登的語氣，顯然不是規士。昨晚打電話去警局問了之後，就不再像之前那麼擔心，如今得知已經查明身分，內心真的鬆了一口氣。

「高中一年級，不是和哥哥同年嗎？這身制服是不是澤商？」在一旁看報紙的小雅在下一剎那提高了音量，「啊……這個倉橋與志彥不是哥哥的朋友嗎？」

一登再度抬起了頭，貴代美也看著小雅。

「妳認識？」

「我不認識，只是之前聽哥哥在講電話時，曾經提到與志彥什麼什麼。」

貴代美也繞過桌子，探頭看著報紙。

刊登在社會版頭條的報導篇幅大得驚人。

「戶澤的一輛汽車行李廂內發現少年的屍體」、「凌虐致死？滿身刀傷和毆打痕跡」、「多人逃離拋錨車」。

貴代美盯著這些驚悚的標題。報紙上刊登了被害少年的照片，少年的頭髮留得很長，遮住了耳朵，雖然一身想要裝大人的成熟打扮，但五官還很稚嫩，一雙大眼睛很可愛。

報紙上的確寫了倉橋與志彥的名字，他身上制服的領帶花樣，應該就是小雅所說的戶澤商業學校的制服。

這個被害人是規士的朋友？

果真如此的話，這代表什麼意義？

貴代美有一種預感，即將有嚴重的事實出現在眼前，但有一片濃霧擋在那個事實前，她無法繼續思考下去，就像在濃霧前裹足不前。

「與志彥這個名字並不會很罕見。」

一登雖然這麼說，但並不是不屑一顧的語氣。

他這句話的意思是，只因為與志彥這個名字相同，就感到不安有點莫名其妙。貴代美有一半同意這個意見，更希望事實就是如此。小雅應該只是不經意地聽到規士講電話的聲音，所以有可能聽錯了。

雖然是連續假期，但吃早餐時的氣氛比昨天更凝重，而且無法輕易消除。吃完早餐，貴代美把碗盤放進了洗碗機，再度翻開平時並不會認真看的報紙。

事件的概況和昨天輪流看好幾台新聞報導後得知的情況差不多，被害人屍體的狀況吸引了她的注意力。被害人的臉上和身體上都有多處刀傷和遭到毆打的痕跡，似乎很容易讓人懷疑是遭到多人用暴力凌虐致死的可能性。

報導中還刊登了有人為倉橋與志彥的死感到難過。他的同學說，他待人親切，在班上很受歡迎，但在暑假之後經常請假，而且顯得有點悶悶不樂。報導中也訪問了他就讀學校的校長，校長太震驚，不知道該說什麼。

想到倉橋與志彥父母的心情，不由得感到難過。這就是所謂的「感同身受」。雖然感同身受，但貴代美還是很慶幸被害人並不是規士。她在內心靜靜地感受著這種不可以說出口的感情。

然而，眼前的狀況並不是只要慶幸規士不是被害人，就解決了所有的問題。如果規士和倉橋與志彥真的是經常一起玩的朋友，規士至今仍然不歸，是否和這起事件有某些關係？

「媽媽！」

「啊？」

貴代美聽到小雅的叫聲，才終於回過神。

「我剛才不是已經說了嗎？」

小雅說完，向貴代美伸出了手。她似乎在討零用錢。貴代美拿出皮夾，遞給她一千圓。

「再來一張！」

在小雅的央求下，她無可奈何地又拿了一張給她。

「小雅，」小雅拿了兩千圓，似乎覺得大功告成，轉身準備走去二樓時，貴代美叫住了她，「如果哥哥中午之前還沒有回來，我們想找他的朋友問看看，妳知道哥哥朋友的電話嗎？」

「我怎麼可能知道？」

「即使妳不知道，應該也有辦法查到吧？妳的同學可能是哥哥在足球俱樂部的學弟。」

「即使有，我也沒有和對方說過幾句話，更不知道人家的手機號碼。」

「沒有知道手機的同學嗎？有沒有共同認識的同學，幫忙查一下嘛。」

「妳不要說得這麼輕鬆，我要怎麼跟同學說？妳要我對之前幾乎沒有說過話的同學說，我哥哥出門還沒有回來嗎？這也太莫名其妙了。」

「那之前吹奏樂社的學長中，有沒有人去讀澤商？應該有吧。」

貴代美覺得如果是社團的學長，也許比較好開口，所以這麼對小雅說，小雅露出不耐煩的表情「啊喲」了一聲，就直接上了二樓。

該怎麼辦……貴代美走投無路地嘆了一口氣。

她拿起無線電話撥打規士的手機號碼。這是早晨起床後第二次打電話，但依然聽到手機已關機的語音。

「手機的說明書放在哪裡？」

一登突然站起身，打開矮櫃的抽屜。

「我記得是左上角那個抽屜。」

雖然不知道他這種時候為什麼問這個問題，但還是把專門放家電產品保證書和說明書的抽屜告訴了他。

「手機關機的話，就無法靠GPS瞭解目前所在的位置嗎？」

「我不太清楚……但應該是這樣吧。」

一登找出手機說明書翻了起來，然後說了聲「上面沒寫什麼重要的內容」，又放回了抽屜。

「要不要上網查一下？」

「也對。」

一登順從地點頭，走去事務所查電腦。他的態度和昨天大不相同，認真開始擔心起來。

收拾完洗好的餐盤，開始打掃客廳時，一登走了回來。

「網路上說，也許可以知道關機前所在的位置。」

「至少比什麼都不知道好。如果他在朋友家關機，至少知道他和誰在一起。」

「是啊。」一登回答，「但他手機的 GPS 功能必須開著才行，我不記得他的手機設定，而且好像要用特別的方法才能查到，也許該去當初買手機的店問一下。」

手機店要十一點才開始營業，最好能夠在那之前聯絡到規士……貴代美看著牆上的時鐘還不到九點，內心焦急地想。

目前正值連續假期，即使想要採取行動，所能做的事情也有限。雖然不知道該不該和學校討論這件事，但反正目前學校還在放假。

「我去事務所，如果他打電話回來，妳通知我一下。」

一登說完，又走回事務所。今天雖然沒有安排和客戶見面，但仍然有必須處理的工作。

貴代美的工作從昨天開始就沒有進展，在眼前的狀況下，很難專心工作。原本以為連假結束後交稿綽綽有餘，現在卻發現時間並不充裕了。

但是，該做的事還是要做……她這麼想著，正打算把校對的稿子放在用抹布擦乾淨的桌子上，家裡的電話響了。

「你好，這裡是石川家。」

〈這裡是戶澤警察分局。〉當她接起電話時，聽到電話中一個男人說話的聲音，〈昨天晚上，石川一登先生曾經打電話到我們分局，請問他在家嗎？〉

「他就在附近，你稍候片刻，我馬上去叫他。」

忍不住倒吸了一口氣。

〈麻煩妳了。〉

「請問……是規士的事吧？」

貴代美在放下電話之前，很在意警察找一登有什麼事，忍不住問。

〈請問妳是規士的媽媽嗎？〉

「對。」

〈規士還沒有回家嗎？〉

「對。」

既然警察這麼問，就代表並沒有發現規士的下落……貴代美克制了內心的失望，和不知道警察為什麼打電話上門的訝異回答。

〈這樣啊……我當然是為了這件事打電話到府上，只是希望能夠更詳細瞭解一下昨天說的情況，所以想請教一下，我們是否方便在兩位都在家的時候登門拜訪？〉

「要……來我們家嗎？」

貴代美不知道該如何回應警察的提議，所以有點不知所措。

〈對。〉對方也只能這麼回答。

「你們該不會認為和昨天的事件有什麼關係吧？」貴代美鼓起勇氣問。

〈包括這件事在內，有許多想要請教兩位的事。〉

對方拐彎抹角地回答。

無論如何，如果警方知道什麼情況，就必須問清楚，既然目前對尋找規士的下落沒有任何頭緒，當然不可能拒絕警方的這種要求。

警察說，他們會在中午之前造訪，貴代美表示同意。掛上電話後，走去隔壁的事務所，把警察來電的事告訴了一登。

「我知道了。」一登的表情有點緊張地回答後，收起了攤在面前的資料，立刻走出事務所。

7

門鈴響了，用對講機簡短交談後，貴代美走出玄關。

牆上的時鐘指向十點，一登坐在餐桌旁，內心不由得感到緊張。

一登的母親在八年前去世。在發現疾病時，醫生原本說應該沒有太大的問題，但做了精密檢查之後，打電話通知母親，請她去醫院一趟詳談病情。母親接到電話後坐立難安，打電話給一登，心情沉重地告訴他，明天要去醫院一趟。

以一登的個性，聽母親這麼說之後，不可能不負責任地說，一定不會有問題，只能對母親說「即使擔心也沒有用」這種無法解決任何問題的話，但心裡已經做好了最壞的打算。最後的結果也和他最壞的打算相差無幾，所以不負責任的鼓勵無法發揮任何安慰的作用。無論樂觀或是悲觀都是個人自由，只不過在事實面前，都無法發揮任何作用。

一登在等待警察上門時，回想起當時的事。他不知道警察會帶來什麼事實，在警方說出事實之前，自己只能不安地等待。

玄關傳來男人的說話聲，不一會兒，一個四十多歲的男人，和一個三十多歲的女人跟著貴代美走了進來。四十多歲的男人姓寺沼，三十多歲的女人姓野田。

他們隔著餐桌，在一登對面坐了下來，轉頭打量著飯廳的樣子，但並沒有說任何話。看到貴代美打算去倒茶，說了聲「不必費心了」，兩個人都一副公事公辦的態度，打開了手上的筆記本。

「呃，規士……至今仍然沒有和家裡聯絡嗎？不管是電話、電子郵件或是其他的方式都沒有嗎？」

「對。」一登回答，「打了他的手機，他的手機一直關機。」

「如果方便的話，是否可以請你再說明一下規士出門前後，一直到目前的狀況嗎？」

在警察的要求下，一登和貴代美相互補充，說明了一系列的情況，但規士在出門前的樣子並沒有什麼特別之處，只是像平時一樣出門準備去玩，所以向警方說明的情況也以時間上的事實為中心，貴代美出示了規士寄給她的電子郵件。

「原來是這樣。」寺沼看著記錄的筆記說，「所以兩位都不知道規士去和誰見面嗎？」

「對，他國中時，曾經聽他說過幾個朋友的名字，進高中之後，似乎交了新朋友……而且他在家裡也很少聊這些事。說起來很慚愧，即使想要去問他的朋友，也不知道誰是他的朋友。」

「原來是這樣，」寺沼點頭，「你昨天看了那則在汽車行李廂內發現少年屍體的新聞後，曾經打電話到分局瞭解情況。之後，我們發現被害人倉橋與志彥和規士的年紀相同，今天的報紙上也刊登了相關的內容，請問你們是否曾經聽規士提過倉橋的名字？」

「我沒有聽他提過，但是……」

寺沼聽到一登否定之後又說了「但是」，微微挑起眉毛。

「聽女兒說，之前規士在和朋友打電話時，好像曾經聽他提到與志彥這個名字……」

「喔……是這樣啊。」

寺沼小聲應了一聲，語氣並沒有太驚訝。

「不瞞兩位，」寺沼一臉正色開了口，「我們在調查倉橋的交友關係之後，發現他平時經常和好幾個朋友玩在一起。有些是不同學校的學生，也有些沒有去學校，還有些比他年長。我們接下來會詳細調查他們是怎麼認識的，但總共有十個左右，年紀在從高一到高三左右。目前發現規士似乎也是其中之一，也就是說，我們向認識倉橋的幾名少年瞭解情況後，有人提到了規士的名字。」

「怎麼回事？」

貴代美喃喃自語，似乎無法整理出頭緒，和刑警一起看向一登，似乎希望有人向她解釋目前的情況。

但是，兩名刑警並沒有進一步清楚說明。

「我們也正在調查到底是怎麼回事。」寺沼說，「但目前漸漸瞭解到，其中有好幾個人在事件發生前後就下落不明，根據目前所掌握的情況，規士也是其中之一。」

隱約呈現在眼前的可能性太沉重，一登覺得腦袋好像快麻痺了。

「所以說，規士可能和事件有關？」

警方目前認為，倉橋與志彥是遭到多人凌虐致死。是否認為規士也參與了凌虐，打算開車去某處遺棄屍體，最後發生車禍，於是就和同夥一起逃走了？

「這個問題目前還無法瞭解。」

寺沼沒有正面回答，但一登認為並非如他所說。

「我難以相信，」一登說，「我兒子不可能危害他人，以前甚至沒有和別人大打出手過。」

「當然，他也可能和這起事件無關，」寺沼冷靜地說，「只不過聽說在半個月前，包括倉橋和規士在內，他們的小團體內曾經發生過爭執的糾紛。」

就是規士臉上出現瘀青的時候……一登察覺了這件事，覺得呼吸困難，喉嚨好像被人掐住了。

「兩位有沒有發現規士最近的言行有什麼值得注意的地方？」女刑警野田用柔和的語氣問。

「沒有，」一登輕輕搖了搖頭，「我記得不久之前，他的臉上曾經有一小塊瘀青，我們問他怎麼會有瘀青，他沒有正面回答。」

「他看起來有沒有特別浮躁？」

「不，還不到那種程度，只是對父母說話感到不耐煩，一副不服管教的態度。」

雖然一登想起雕刻刀的事，但他並不打算提及。並不是有什麼特別的想法，只是覺得現在提這件事會造成不必要的聯想。雖然他知道，希望自己不願面對的不利事實能夠大事化小，是不切實際的期待。

「那媽媽呢？」

野田問貴代美，貴代美臉色蒼白，露出困惑的表情輕輕搖了搖頭。

「他在暑假之後，有時候會外宿……要說有什麼值得注意的地方，也差不多只有這件事。」

當初是貴代美為了雕刻刀的事找一登商量，她應該很在意那件事，但似乎也不打算告訴警方。

一方面覺得沒必要特別提這件事。並不是特地為了袒護規士，而是因為已經把刀子沒收了，那件事也到此結束。

「妳說的外宿是指怎樣的情況？」野田問。

「也不是啦，」一登代替貴代美回答，「雖說是外宿，但通常都清晨回家，然後就上床睡覺，所以我覺得應該只是玩通宵而已。這當然不是值得鼓勵的行為，但我在讀高中時，也不是完全沒有夜遊的經驗，所以我不認為這種事需要大驚小怪。」

「大概有幾次？」

「暑假期間有四、五次，但暑假結束之後，他仍然出去夜遊，然後就像我剛才說的，臉上出現了瘀青，我曾經數落過他，不要整天只顧著玩，要考慮一下自己的將來。之後他收斂了一陣子……」

「他平時並不是一個壞孩子，」貴代美的聲音有點情緒化，「說話也不會特別粗魯，只要拜託他，他還會幫忙照顧狗。他以前真的很乖，他從初中開始就踢足球，進了高中之後也很賣力練習，但不久之後，腿就受了傷……他很可憐，即使動了手術，現在走路仍然有點瘸。他的高中生活不太如意，所以我想他可能也不知道該怎麼辦。」

雖然貴代美說的沒錯，但她說話的方式總覺得聽起來好像已經在為規士減刑求情，一登覺得她有點搞不清楚狀況。

這不是重點。無論規士再怎麼乖巧，無論他的境遇再怎麼可憐，一旦他涉及將朋友凌虐致死，這些都無法成為辯解的藉口。

有人失去了生命。這是無法改變的事實。人命關天，即使是因為過失造成死亡，世人也無法原諒。更何況是因為凌虐和集體暴力導致死亡，無論當初是否有殺意，是否積極參與其中，都不再重要，都會被視為凶惡的犯罪成員之一。這就是輿論的看法，一登的價值觀也和這種看法相差無幾。

規士不可能成為這種罪大惡極的人……一登無法改變這種立場，無法放下這種立場，好像在辯解似地談論規士的為人。

貴代美提到足球的事之後，寺沼和野田聊了一下這個話題。他們很關心規士在初中時代參加足球俱樂部時的活動情況和交友關係，一登和貴代美對規士在俱樂部內的人際關係並不太瞭解，但如實說明了他們所知的所有情況。

然而，即使在回答這些問題時，仍然無法相信規士涉及這起事件。

「我還是難以置信，」在足球的話題告一段落後，一登又想到這件事，嘆氣說道，「因為他是一個能夠辨別善惡的孩子，我能夠理解他因為學校生活不如意，試圖靠玩樂麻痺自己，但為什麼會做出造成他人死亡……我只能說，完全無法理解。」

「我也是……」前一刻好像在為規士減刑求情的貴代美也小聲說道，似乎表示自己也不願意相信。

「正如我們剛才所說，目前還沒有發現任何事實可以證明規士和事件的關聯性，我們也並非帶著任何預先的判斷來向兩位瞭解情況，敬請理解。」

野田的話雖然在安慰難掩困惑的一登和貴代美，但一登聽在耳裡，覺得很虛偽。

「總而言之，必須找到規士的下落，才能瞭解確實的情況。是否可以提供他的手機號碼、電信公司和機種？」

在問了規士相關的情況、家庭成員和一登、貴代美的工作內容之後，寺沼提出這個要求。

「他已經關機了，電話也打不通……」

「即使關機，只要電池沒有拆下來，手機會發出微弱電波，只要請電信公司協助，有可能會查到目前所在的位置。」

「是嗎？」

一登很驚訝，寺沼若無其事地點頭。既然警察這麼說，事實應該就是如此。一登把規士的手機號碼等資訊告訴了他。

「還有另一件事，」寺沼在筆記本上寫完後抬起頭說，「雖然他離家還不到整整兩天，而且曾經寄了電子郵件回家，但目前失聯，又發生了這樣的事件，所以不妨認為並非普通的失蹤。既然這樣，希望你們可以來分局一趟報案失蹤。」

昨天晚上還說，最好再觀察一下，沒想到隔了一晚，警方的態度也發生了變化。因為規士的失聯可能和事件有關。

「報不報案有什麼不同？」貴代美問。

「報案之後，相關資料就不只是在縣內，會傳給全國各地的警察。比方說，如果規士在其他都道府縣的鬧區，那裡的轄區警察在巡邏時，可能就會發現他。」

「但是，這不就……」

貴代美好像從腹底擠出這句話，但說到一半，沒有繼續說下去。

「什麼？」

「這不就等於把他當成凶手，要我們協助警方抓他嗎……身為父母，必須做到這種程度嗎？」

貴代美的聲音明顯發抖，眼角滲著淚水。

「規士媽媽，剛才已經多次說明，我們目前並沒有將規士視為凶手展開偵查，只是認為他可能和這起事件有某種關係，瞭解事件相關事實的可能性很高，所以很希望能夠趕快找到他，向他瞭解情況。」

「這只是你們的說法而已。」貴代美帶著哭腔抗議，「對你們警察來說，這是工作，所以必須這麼做，我們才剛聽到這些情況，心情還無法理出頭緒。」

「我們並不會勉強兩位。」寺沼自始至終用平靜的語氣說，「只是規士一直下落不明，絕對不是好現象。不光是因為事件的關係，我們也很關心規士的安全。雖然目前不知道他和事件有什麼關係，但和事件相關的程度大小，可能會讓他鑽牛角尖，做出某些難以預料的行為。所以我們剛才說希望趕快找到他，老實說，其實也帶有這個意思。」

照目前的情況發展下去，規士在心情上會走投無路，可能會選擇自殺的手段……

這就是警察想要表達的意思。至於這是他們真實的想法，還是危言聳聽，就不得而知了。遺憾的是，從可能性的角度思考，只能說不無道理。

「我瞭解了，我會去警局報案。」

一登沒有和貴代美討論，就這麼回答，貴代美似乎沒想到丈夫會這麼說，驚訝地轉頭看著他。

只不過一登認為，即使兒子可能參與了犯罪，不配合警方的偵查也有點說不過去。無論是否心甘情願，都必須盡身為公民的義務。他認為這是理所當然的事。

「請你來警局一趟，你到警局之後，只要找我們，我們會協助你處理。」

野田用這句話作為結尾，他們收起筆記站起身。當他們準備走去玄關時，寺沼轉頭看向樓梯。

「規士的房間是在二樓嗎？」

「對。」一登回答。

「如果方便的話，可不可以讓我們看一下是怎樣的感覺？」

「好……」

一登正打算說「沒問題」，貴代美語帶氣憤地插嘴說：「你們為什麼要看他的房間？」

「沒有為什麼，只是覺得可以從他房間的樣子，瞭解他的生活情況。」

寺沼語尾帶著困惑，但還是明確向貴代美說明了用意。

「你們嘴上說，目前還不知道規士和這起事件有什麼關係，卻要搜索他的房間嗎？這不是太奇怪了嗎？」貴代美咄咄逼人地說。

「不是，不是，」寺沼搖著手否認，「我們只是看一下房間的樣子，並不打算碰任何東西。」

「恕我拒絕，」貴代美語氣堅定地說，「目前他還沒有任何嫌疑，我無法接受你們竟然要做到這種程度。」

一登很少看到貴代美這麼情緒化。當然是因為聽說兒子可能涉入凶殘的事件，無法保持平常心，而且也難以接受事態不斷發展的現實。雖然一登認為對警察表現出這種不合作的態度並不理智，但也能夠理解她的心情。

寺沼露出尷尬的表情看著一登。

「規士的房間內有沒有任何可能成為這起事件線索的便條紙之類的東西？」

寺沼的這個問題有點像是為自己準備的下台階。一登簡短地回答說：「沒有。」

「是嗎……那就算了。」

寺沼無可奈何地這麼說，收回了剛才的要求。

「那一會兒在分局見。」

他們對一登這麼說，然後就離開了。

兩名刑警離開後，家裡仍然瀰漫著凝重的沉默。貴代美坐在餐桌旁的椅子上，垂下濕潤的雙眼一動也不動。

一登和貴代美沒有相互安慰，也沒有相互鼓勵，都在思考該如何接受現實，但即使絞盡腦汁，也想不出答案，所以完全無計可施。

小雅拿著書包，戰戰兢兢地從二樓走了下來，好像在警戒什麼。

「剛才是怎麼回事？」

小雅問，一登和貴代美都希望對方回答，所以沒人開口。

「警察嗎？」

即使在二樓，也可以聽到樓下有客人，感受到談話的氣氛。因為這就是這棟房子的設計，只是除非說話很大聲，否則聽不到談話的內容。小雅雖然察覺到有警察上門，和父母談了嚴肅的問題，但並不瞭解更進一步的情況，所以內心越來越不安。

「要去警局為哥哥失蹤報案。」

一登這麼回答。他沒有提到重要的問題，所以有點敷衍，但他說的也是事實。

小雅有點不知所措地看著父母，但似乎把其他問題藏在心裡，然後難得好像在察言觀色般對他們說：「我要去補習班了……」

這種時候還有心情去補習班。雖然內心有這種想法，但叫她不要去補習班也有點奇怪。

「今天不要去KTV了，下課之後就馬上回家。」

貴代美抬起頭說，說話的語氣不容小雅辯駁。原本那麼期待去KTV的小雅完全沒有半句怨言，只是茫然地站在那裡。

「爸爸也要出門，可以順便送妳去補習班。」

一登對她說，她一臉落寞的表情輕輕點頭。

出門時，貴代美沒有對他們說「路上小心」。警察在懷疑規士，她也許還無法接受一登聽從警察的要求去報案這件事。

一登讓小雅坐在後車座後，發動了引擎。

在規士還是小學生時買了這輛小型休旅車，已經開了將近六年。規士在小學時，每次都坐在副駕駛座上，像其他男孩子一樣，對開車、導航系統的操作，或是隔著擋風玻璃感受到車子奔馳的感覺充滿好奇。

但上了初中之後，就喜歡坐後車座，平時都是貴代美坐在副駕駛座。規士不再看車窗外的風景，整天低頭滑手機。上了高中之後，幾乎很少會坐這輛車。如今，這個家也看不到他的身影了。

短短幾年的時間，孩子真的會在轉眼之間發生變化。這幾個月也在改變，這幾天、這幾個小時也在變化。

「哥哥……真的和電視新聞報的那起事件有關嗎？」坐在後車座的小雅問。

「不知道……但他似乎的確認識那個遇害的少年。」

小雅聽了他的回答，輕輕嘆了一口氣說：「不知道是怎麼回事……」

小雅和規士不同，沒有太大的變化。坐車的時候，從小就一直坐在後車座。即使車上只有她和一登兩個人，她也都理所當然地坐在後車座。這種理所當然的態度簡直就像是深閨千金，讓一登忍不住苦笑，但她從小到大都這麼我行我素，始終沒有改變，倒是讓一登暗自鬆一口氣。

看到她為了規士的事愁容滿面，一登內心隱隱作痛。

這件事和小雅無關，但如果是一登他們所擔心的最糟糕狀況，既然身為一家人，就不可能無關。

小雅對運動沒有興趣，就連吹奏樂社的社團活動也沒有太投入，但似乎對坐在書桌前用功讀書不以為苦，一登認為這也算是她的才華之一。偶爾看到她寫筆記很仔細，可以從中確實感受到她不為人知，默默努力的痕跡。

她希望就讀嚮往的那所高中的夢想應該伸手可及，只不過這個夢想是否能夠輕易實現……姑且不論她本身的能力，在接下來這段日子裡，也許必須為這件事感到擔心。一登腦海中閃過這個念頭，不由得感到坐立難安。

但是，目前仍然覺得一切都難以置信，沒有什麼真實感的想法更強烈。這似乎成為唯一的救贖。雖然很強烈，但並不明確。

他努力甩開這些煩悶的想法，鬆開了手剎車，打到D檔後，踩下油門，沿著道路轉動方向盤時，看到有一個人影站在家門前，一登立刻踩了剎車。

由於那個人出現在意想不到的地方，所以剎車踩得很用力，車子往前衝了一下後停了下來。

「小心點嘛。」坐在後車座的小雅說道。

「對不起。」

小雅是不是覺得自己因為規士的事感到不安……他在這麼想的同時，又轉念一想，自己也許真的為這件事感到不安。

剛才站在家門口的人走到路旁，一登提醒自己要小心開車，再度踩了油門。

鄰居家的圍牆前停了一輛計程車。一登感到有點驚訝，看向計程車外的人。那個人看起來不到四十歲……肩上揹了一個皮包，目不轉睛地看了過來，剛好和一登對上眼。

該不會是記者？

來我們家探聽消息嗎？

他從後視鏡看向後方。

那個男人還在看一登的車子。

好像在仔細觀察。

一登感到毛骨悚然，將視線從後視鏡上移開。

8

一定有什麼理由……貴代美只能這麼想。

以規士的個性，難以想像他會參與致人於死的事。就連只有暑假和過年才會見到的外公去世時，他也難過得流下了眼淚，即使不需要特別教導，他也瞭解生命的寶貴。

但是，他變成了跨越那條界線的人之一。既然他的手機關機，去向不明，就必須接受這個事實。

貴代美在刑警離開，一登和小雅也出門的寂靜中，聽到了日常生活劇烈崩潰的聲音。即使摀上耳朵，這個聲音也沒有停止。既然這樣，那就充分傾聽這個聲音。如果不意識到自己和家人的人生將在今天之後發生巨大的改變，就無法面對即將造訪的殘酷現實。

對講機的鈴聲突然響起，彷彿帶走了名為寂靜的崩潰聲音。液晶螢幕上出現了一個身穿白襯衫的中年男人的臉。

「哪一位？」貴代美按了通話鍵問道。

〈不好意思，我姓內藤，有幾個問題想要請教，方便的話，是否可以佔用妳一點

時間？〉

「喔……請問是哪裡的內藤先生？」

附近的鄰居沒有人姓內藤，貴代美以為是上門推銷的業務員，所以語帶懷疑地問。

〈我是自由記者內藤重彥，想要登門採訪。〉

貴代美輕輕倒吸了一口氣，難道是採訪那起事件？

「你說採訪是？」她想到也可能是採訪一登的工作，所以這麼問。

〈有關昨天在戶澤發生的那起事件。〉

果然是為了這件事。

他一定得知了警方懷疑規士和那起事件有關，所以才趕來這裡……貴代美感到不寒而慄。

「我不知道你想問什麼，但我先生不在家，所以現在無法接待你。」

〈不好意思，請問妳是石川規士的媽媽，對不對？〉內藤用這個問題回應了貴代美的回答。

「是啊……」

〈我不會佔用妳太多時間，可以讓我問兩三個問題嗎？妳只要回答妳知道的事就行了。〉

貴代美並不想回答記者的問題，而且她也真的什麼都不知道，並不認為自己能夠回答。

但是，因為她一無所知，所以很好奇記者是否知道什麼。或許可以從記者口中打聽到警察閉口不談的事。

「在玄關可以嗎？」

貴代美問，內藤立刻向她道謝。

〈謝謝。〉

內藤走進玄關，嘴角露出老練的笑容，遞上了名片。

「我並不是可疑的人物，這次的採訪將投稿給《平日週刊》，我自己有發行電子報，也在推特上寫作。」

他的名片上印了推特帳號和網站的網址。

「昨天的事件中倉橋與志彥的屍體被人發現，我正在向他的朋友瞭解他生前的狀況。」

內藤在說這句話時，翻開了記事本。拿記事本的手上也同時拿著錄音筆。

「請問規士目前在家嗎？」

「他不在家。」

貴代美在回答時猜想他應該不知道規士失蹤這件事。

「是嗎？」內藤輕鬆附和著，「我聽說規士和倉橋經常一起玩，所以不知道能不能向妳借用一下他和倉橋的合影。」

「我不太清楚。」

「規士和倉橋之前一起參加武州戶澤初中生足球俱樂部，妳當時是否有拍下他們練習的情況？」

原來規士和倉橋與志彥是在足球俱樂部認識的……貴代美面不改色地暗自想道。

規士在初中時代，曾經參加了本地的足球俱樂部，那是關東聯盟很有實力的強隊，有不少學長在J聯盟也很活躍。每個學年大約有將近五十人，和學校的社團活動相比，人數的確很多，規士在三年級的上半年，都一直在二軍和三軍的球隊練習，但在三年級的某個時期，終於升到了一軍，貴代美曾經和一登一起去看了幾場比賽，但規士每次都在後半場幾乎快結束時才會上場，曾經有一次伸長脖子等待他上場，等到他好不容易上場，卻因為太興奮，花了一點時間才搞定攝影機，結果就聽到了比賽結束的哨音。

之後，他的腿在選拔活動時受了傷，所以無法進入初中生球隊，但他在進了高中之後，選擇參加社團繼續踢足球。戶澤高中的足球隊在全國高中運動會的預賽中經常名列前茅，算是足球名校。規士也調整了心情，看起來積極向上。因為他曾經參加過初中生足球俱樂部，所以進入社團後，立刻成為一軍成員。也許是因為這件事導致了不良影響。雖然規士不願多談，但可能因此成為學長攻擊的目標……他在社團分隊比賽後，被人從後方鏟球，造成了膝蓋半月板損傷等重傷。

總之，規士在初中足球俱樂部時代，並沒有太多機會在一軍有活躍的表現，貴代美拍到的照片不多。平時訓練時，如果時間太早或太晚，就會開車去接他，但是平時並不會去看他的訓練情況，以免造成他的壓力。

如果找一下，或許可以找到足球俱樂部的紀念照，但她並不想特地找照片給這個記者。也許他假裝在找被害人的照片，但真正的目的是想要規士的照片……因為貴代美腦海中閃過了這個念頭。她不知道眼前這名記者在調查什麼事，也不知道他調查到何種程度。

「我幾乎不去看他比賽，所以應該不會有他的照片。」貴代美回答。

「這樣啊，」內藤語帶遺憾地說，然後又繼續說道：「規士有沒有和家人提過倉橋的事？」

「不，我兒子幾乎不會在家裡聊朋友之間的事，所以……」

「但是他對這次的事件不可能什麼也沒說吧？」

「不……」

貴代美不知道該如何回答，結巴起來。

內藤故意誇張地偏著頭。

「該不會……事件發生之後，規士還沒有回家？」

貴代美不想回答，但現在突然沉默也很奇怪，所以勉強擠出聲音說：

「我們也很擔心，不知道目前的狀況……」

「是喔！」內藤發出奇怪的低吟聲，「他什麼時候出門的？」

「前天晚上。」

內藤再次輕輕點頭。

「他在事件發生之前看起來怎麼樣？」

「沒什麼特別……看起來和平時一樣。」

「他出門時有沒有說什麼？」

「只是說『出門一下』，所以我就叫他『早點回來』……和平時一樣。」

「妳有沒有發現他和朋友之間有糾紛？」

貴代美再度結巴起來。

「怎麼了？」

「不久之前，他回家時臉上有瘀青，但他說沒什麼……」

「什麼時候？」

「這個月月初……差不多半個月前。」

「是喔。」內藤鼻孔吐氣，似乎暗自感到興奮，「原來是這樣……聽說倉橋在半個月前，臉上也有瘀青……不知道有沒有關係，真是耐人尋味啊。」他自言自語地說。

雖然貴代美覺得他的言下之意，就是兩者有關係，但她沒有吭氣。

「太驚訝了，」原本看著記事本的內藤抬起了頭，「我不知道妳是否知道，根據目擊者的證詞，有兩個人從發現倉橋屍體的車上逃走，所以我今天上午開始，就四處查訪了倉橋的朋友，瞭解這些朋友的狀況，發現事件發生之後，有幾名少年下落不明。」

內藤故弄玄虛地停頓了一下之後繼續說道：

「規士是第三個人。」

「啊？」

「不知道到底是怎麼一回事。」

他這句話並不是想要徵求貴代美的見解，而是自言自語，然後深有感慨地點頭。

這是怎麼回事……貴代美看著他，也忍不住產生了同樣的疑問。

9

送小雅去補習班，又去戶澤分局為規士失蹤報了案，回到家時，發現家門口站了一個男人。

而且並不是剛才出門時差點撞到的男人。

「你好，我是新都新聞的記者，正在採訪昨天那起事件。」

一登走下車，那個男人就對他說話。他心想「果然是媒體記者」，回答說：「你即使來我們家，我們也完全不瞭解情況」，然後繞去玄關。

「請問規士是不是住在這裡？他在家嗎？」

當初為了讓整棟房子有開放感，並沒有設置圍牆和大門。記者利用這一點，堂而皇之地走了進來，緊跟著一登。

「我剛回到家，也不知道他在不在家。」

「如果他在家，有幾個問題想請教他。」

一登既沒有說好，也沒有說不好，走進了家裡，把記者留在門外。

客廳內沒有人，他去臥室張望，發現貴代美躺在床上，但並沒有睡著。

「記者接連上門……」貴代美忍不住叫苦說道。

「不必理會他們，否則我們會累慘。」

不知道接下來會是什麼狀況……一登突然想像大批媒體記者扛著攝影機，把這棟房子團團圍住的景象，不由得陷入了憂鬱。現在還不知道規士和事件的關係，所以還不至於太過分，一旦警方的偵查結果出爐，最擔心的事變成現實，想像中的景象會立刻成為現實。

門鈴聲響起。應該是門口那個記者。這個記者真性急。一登忍不住感到心煩。

「我兒子不在家。」

一登回到客廳，按下對講機的通話鍵說，對講機中立刻傳來男人的聲音。

〈請問他去哪裡了？如果他不在，爸爸也可以，可不可以請教你幾個問題？〉

「我什麼都不知道，不好意思，請你去找別人採訪。」

一登回答後，對方仍然想要說什麼，一登說了聲「抱歉」，就掛上了對講機。

門鈴聲再度響起。

一登忍不住咂著嘴，瞪著液晶螢幕上的記者。

當他無視記者，想要走回臥室時，電話響了。

該不會……他這麼想著，接起了電話，果然又是記者。

〈不好意思，打擾了。這裡是京城電視台新聞部，請問是石川規士的家嗎？〉

一登和剛才一樣，也回答說規士不在家，對方仍然不肯罷休，一登只好不由分說地掛上了電話。

真傷腦筋……一登深深嘆了一口氣想道。因為也會有工作上的人打電話來，所以不可能不接電話。即使是陌生的電話，也可能是新的委託人。

不……

這種擔心是否已經不現實了……這樣的想法閃過腦海。

遺憾的是，無法保證自己的工作還能像以前一樣持續。

如果規士真的是這起殘酷虐殺少年事件的加害人之一，事情曝光之後，即使在報導中不會提及真姓實名，消息還是會在這一帶不脛而走。

凶手的父親還能繼續以前的工作嗎？

光是思考這個問題，就感到不寒而慄。

他走去廚房，從冰箱裡拿出麥茶倒進杯子。雖然快兩點了，但餐桌上沒有午餐。他沒什麼食慾，所以也不打算向貴代美提這件事。

他在喝麥茶時，電話又響了。這是從事務所轉接過來的電話，是高山建築的老闆打來的。

〈石川建築師，午安。〉

高山老闆簡單報告了連假期間也在建造的秋田家新屋的進度後，嘆著氣說了起來。

〈先不說這個，現在的世道真是太可怕了，你應該知道昨天的事件吧？〉

「昨天的事件？」

在這個地區，昨天只有發生一起事件，但一登不確定高山老闆在問什麼，所以這樣反問，觀察對方的態度。

〈就是高中男生被凌虐致死，結果被人發現塞在汽車行李廂內的那起事件。聽說凶手把車子丟在路旁逃走了……〉

「喔……」

一登不置可否地應了一聲，因為他希望可以趕快結束這個話題。

高山老闆並不介意一登意興闌珊的回答，繼續說道：

〈那個遇害的孩子，是花塚老闆女兒的兒子，也就是他的外孫。〉

「啊？是花塚老闆的……！？」

花塚泥作工程行在泥作工程方面，是這一帶擁有頂尖技術的業者。老闆花塚是在這一行做了五十年的泥作師傅，帶了七、八個徒弟包工程，完全不允許任何馬虎的工作態度很受好評。由於個性頑固，所以比較不好配合，花塚老闆工作滿檔，一登很少有機會委託他，但在重要的案子時，就會請老朋友高山老闆居中協調，請他務必幫忙。

沒想到倉橋與志彥竟然是花塚老闆的外孫。一登實在太驚訝了。

〈花塚老闆清晨打電話給我，我聽了太難過了。沒想到那個頑固的師傅竟然哭著對我說『我沒辦法再工作了』。雖說是外孫，但經常去他家玩，他很疼愛這個外孫，難怪他會這麼傷心。而且聽說他外孫還說，等高中畢業之後，想要在外公的工程行當徒弟。沒想到這麼寶貝的外孫竟然被人用這麼殘酷的方式殺害了，誰能夠接受這種事？雖然不知道是因為什麼糾紛變成這種結果，但真是太可惡了。〉

一登說不出話。聽到被害人家屬如此悲慟的放聲痛哭，他當然不知道該說什麼，這和只看名字和照片想像被害人情況的現實感完全不同。

〈聽說發生那種事件時，遺體沒辦法馬上送回家，會放在警察局好幾天，還要送去解剖什麼的，把遺體弄得亂七八糟。警察要他們去確認身分時，花塚老闆也陪著他女兒一起去，聽說簡直慘不忍睹，他說一下子認不出是他的外孫。外孫的整張臉都腫了，而且發黑，全身有無數刀傷，根本是活活被凌虐死的。花塚老闆哭死了，說到底是怎麼凌虐的。〉

那是一起悽慘的事件……一登再度想道，光是聽高山老闆說這些事，心情就忍不住沮喪。

規士也許涉及這起悽慘的事件。

然而，在這個問題上，他仍然覺得沒什麼真實感。

在規士出面承認，說明其中的理由之前，自己無法相信，也不願意相信。一登很希望規士趕快出面，說這起事件和他無關。這也是一登唯一的心願。

然而，既然規士下落不明，就無法否認他和這起事件有關的可能性。一登也無法站在完全事不關己的立場談論這起事件。

所以，他只是輕輕嘆了一聲，回應了高山老闆的話。

〈現在的小孩子打架，也不會赤手空拳、一對一地打架，都會好幾個人圍毆一個人，打人的人不覺得痛，也不懂得打到差不多就該停手的分寸。雖然我不知道是幾個小鬼幹的，但難以相信這些小鬼竟然會輕易拿刀子砍人。把刀子交給別人時，要把刀柄對著對方，這不是只有我們這些做粗活的世界，師傅才會再三叮嚀的事啊。還是現在的父母都不會教小孩子這種事了嗎？這個世界真的太可怕了。〉

一登當然在規士小時候，就曾經教他使用刀子要特別小心，不止一次叮嚀他，即使拿指甲刀給別人，也不可以把刀刃對著別人。

按照高山老闆的說法，規士從小接受過這樣的教育，根本不可能用刀子砍人。

一登也希望事實如此。規士雖然曾經有過刀子，但有刀子和用刀子砍人是兩回事。更何況一登已經沒收了他之前那把刀子。

但是……

關於這個問題，在聽規士親口說之前，無法否定任何可能性。

〈總之，花塚老闆做了那麼多年的泥作，他說無法繼續工作了，可見打擊有多大……這也不能怪他。我在聽他講電話時，也不知道該怎麼安慰他，只能說太可憐了、你受苦了、太不可原諒了這種了無新意的話。有些工作非要他做不可，很希望他

可以重新站起來，但又不知道該怎麼拜託他……〉

一登不置可否地附和著，幾乎說不出話。高山老闆可能也只是想要找人傾訴，所以說完之後，就掛上了電話。

一登忍不住鬆了一口氣，但又意識到這件事將影響到未來，靜靜地感到戰慄。一旦發現規士也參與了這起事件，自己該如何面對高山老闆和花塚老闆？至少無法樂觀地認為，目前的工作仍然能夠像現在一樣持續。

他帶著鬱悶的心情走回臥室。

貴代美仍然躺在床上，茫然地注視著天花板。

一登也帶著滿身的疲憊倒在床上。

他注視著米色的天花板。

那是請花塚施作的硅藻土，因為具有調控濕度的能力，即使是潮濕的季節，也可以減少不舒服的感覺。

施作天花板比牆面工程更難，同時必須擔心剝落的問題，但花塚做的工程果然不一樣，完全沒有任何龜裂。

據說倉橋與志彥打算畢業之後成為花塚的徒弟，如果他的願望實現，以後應該也有機會和一登見面。

不知道他以後會成為怎樣的泥作工人。

一登可以充分體會花塚的心灰意冷。

「昨天那起事件的被害人，」一登看著天花板對貴代美說，「是花塚泥作工程老闆的外孫。」

「啊？」

旁邊的床上傳來不知所措的聲音。

貴代美雖然完全不參與一登的工作，但因為一登有時候會在客廳接工作上的電話，她聽到的時候，有時會聊最近正在進行的工作。他們夫妻多年，貴代美大致瞭解一登和哪些施工業者往來。

「是他女兒的兒子，聽說原本打算高中畢業後，要跟著花塚老闆當徒弟……高山建築的老闆告訴我的。」

貴代美嘆了一口氣。

「聽說他們是在武州戶澤時認識的。」

她沒有表達任何感想，而是說了這句話。

「啊？」

「遇害的那個男生和規士……來我們家的一個姓內藤的記者說的。」

「妳和……記者聊過？」

「你和小雅出門之後，那個記者就上門了。」

原來是剛進門時，家門口的那個男人……一登瞭解狀況後，內心很複雜。既然記者知道，警方當然也知道。現在回想起來，兩名刑警的確詳細打聽了規士參加足球俱樂部時代的情況，然而，他們卻完全沒有透露絲毫的消息。一登去報案時，寺沼和野田也自始至終都維持公事化的態度。

警察果然不會告知任何事……他不禁感到失望。

「那個記者是怎樣的感覺？」一登問，「他……把規士當成凶手嗎？」

「他好像不知道規士沒有回家。」貴代美回答，「他說規士是第三個遇害少年的朋友，卻沒有回家的人。」

所以目前大致已經掌握了誰和這起事件有關嗎？一登茫然地想。

「因為有兩個人從車上逃走，所以他很納悶，到底是怎麼回事。」

「啊？」

剛才聽到「第三個」時並沒有多想，沒想到竟然隱藏了這樣的矛盾，一登大吃一驚。

在電視新聞中接受採訪的目擊者的確證實，看到兩個人從車上逃走。既然記者也如此斷定，就代表有好幾個人證實了這件事。

有兩個人逃走。

但有三個人下落不明。

這是怎麼回事？

如果其中一人和事件無關……一登思考著可能發生的狀況。

但是，和這起事件完全無關，只是剛好在這個時間點，不知道去了哪裡的可能性並不大。即使規士不是從車子逃走的那兩個人之一，既然沒有回家，一定是因為有某種和這起事件有關的原因。

會是什麼原因呢？

是不是把棄屍交給那兩個人，規士負責處理其他事？

浮現在腦海中的可能性無法帶來任何希望，一登忍不住感到心煩。

然而，他想要思考其他可能性，也想不到任何合理的答案。

一登用力閉上眼睛，硅藻土的天花板從視野消失。

門鈴聲再度響起。

10

這次可能無法準時交稿了……貴代美看著放在眼前桌子上的校對稿，想著這件事。

即使躺在床上，心情也無法平靜，於是她乾脆走出臥室回到客廳工作，想要暫時擺脫日常生活，然而她終究還是沒有能力做到。

她在十五年前成為自由接案的校對人員。當時規士剛出生，沒想到在照顧規士時，又懷了小雅。當時，一登的工作漸漸步上軌道，於是貴代美辭去在出版社的工作，認識的編輯發案給她，於是她就開始做校對工作。

起初只是打工的感覺，在規士和小雅稍微長大，開始讀幼兒園之後，她有比較充裕的時間，為了提升校對工作必需的語彙能力，她又花了兩三年時間重拾課本，在建立了某種程度的自信之後，和目前的校對社簽了約，開始積極接案。

說起來，這是從規士出生後開始，一直持續至今的工作。雖然收入不如以前在出版社上班的時候，月收入很難超過三十萬圓。如果要注意漢字和片假名的統一，有時候必須來來回回看好幾次，遇到專有名詞或史實的內容，就必須查其他文獻逐一確認，所以沒辦法接很多案子。

如今，她擔任自由校對人員的資歷比在出版社上班的時間更長，也對自己的工作頗有自信。

她最引以為傲的，就是至今為止，從來都沒有拖過稿。基本上，編輯發稿時設定的截稿日期都很寬鬆，即使無法準時交稿，拖延幾天都不是太大的問題。貴代美雖然瞭解這一點，但從一開始做這個工作時，就嚴格遵守截稿期。她認為自己把經營日常生活的客廳作為工作的地方，如果在截稿日期的問題上敷衍了事，漸漸會對工作品質造成負面影響。

她認為自己的工作態度受到了校對社經理和編輯等工作對象的肯定。

但是，她沒有自信這次也能夠準時交稿。

校對稿上的文字完全看不進去。

她深刻體會到，自己之前的生活多麼安逸平靜。

就連父親去世時，也沒有影響到工作……

當時的情況和現在不同。

父親突然病倒，然後就離開了人世。在貴代美接到電話之後，內心只有對事實的悲傷。

在事實確定的那一刻，悲傷就達到顛峰，不會繼續增長。然而，不安比悲傷更棘手。始終盤踞在內心，讓人心亂如麻的是隔著面紗，無法看清悲傷的事實時所產生的不安。

貴代美意識到不安已經不斷增加到自己難以應付的程度，她完全看不清事實，所以不安也持續增加。

否認規士和事件有關的可能性已經不現實……很遺憾的是，目前不得不這麼認為。如果規士和事件無關，當然求之不得，但如今身處為他的下落不明擔心的立場，卻只考慮這種可能性，也未免太天真了。

然而，即使接受了這種可能性，心情仍然無法平靜。

貴代美的內心無法消化內藤上門採訪時說的話。

有兩個人從車上逃走。

但有三個人失蹤。

光是想像規士是這起殘忍事件的加害人之一，就已經令人感到很可怕。他犯下了這麼驚人的案子，仍然試圖逃亡，而且目前還沒有被警方抓到，顯然並沒有想要獲得輿論和被害人家屬寬恕的想法。貴代美身為母親，現階段也不知道該如何為兒子犯下的這起事件負責。

面對現實時，恐怕會走投無路。真的太可怕了。

但是……

內藤說的話，暗示了更可怕的可能性。

內藤在離開前說：

這起事件還有很多不明之處，加害人並不一定只有逃走的那兩個人，被害人也未必只有倉橋一個人……

在內藤離去之後，這句話仍然縈繞在耳邊，始終無法消失。

貴代美愣在玄關，雙腿開始發抖。想要鎖門，卻試了好幾次才終於成功，而且必須抓著門把才有辦法完成。她渾身癱軟，幾乎是用爬著回到臥室。

躺在床上後，這才稍微冷靜下來，萌生的想法否定了內藤所說的可能性。

如果還有其他被害人，為什麼加害人只試圖把倉橋與志彥棄屍？

如果還有其他被害人，照理說，警方應該會發現。因為被害人和加害人不同，不會逃走。

她把內藤說的話告訴了一登，但他好像並沒有產生太多聯想，似乎並沒有想到貴代美腦海中浮現的可怕可能性。

自己想太多了。

貴代美得出了這個結論。

她希望會是如此的心情更強烈。

然而，即使如此，恐懼仍然在內心留下了無法抹滅的痕跡。

即使只是像殘渣般的恐懼，也足以讓她無法過正常的生活，讓她變得無力。

最後，她沒有看完一頁，就放下了自動鉛筆。她發出不知道是今天第幾次的嘆息，捂住了臉。

規士在家的時候，都可以聽到他在這個客廳，或是在二樓的開放空間發出富有節奏的挑球聲，也成為這個家中這幾年來的日常。

看著他像表演雜技般，用腳背、膝蓋，或是用頭把足球頂起的樣子，既佩服他的靈活，也會覺得他不知厭倦地重複練習，到底有什麼好玩。貴代美從來沒有正確感受過他投入在足球中的熱情。

規士受傷之後，應該更加關心他。

除了關心他的身體，更應該和他好好聊一聊日常生活，和可以取代足球的興趣愛好。

規士在受傷之後，生活完全變了樣。也許改變的不只是生活這麼小的問題，而是他人生的齒輪出了問題。

站在大人的角度，覺得只有極少數人能夠成為職業選手，除非特別有天賦，否則認真以此為目標很不切實際，而且也覺得遲早會受挫是理所當然的事，所以當規士受傷時，貴代美只擔心會不會對他的日常生活造成影響。

但是，規士也許認為即使可能性微乎其微，自己的足球人生還是有可能通往職業選手之路。無論讀小學還是初中時，他寫作文時提到未來的夢想都是成為職業足球選手。他對這個夢想越認真，那次的受傷就會令他越絕望。

自己身為母親，應該充分理解他的心情。

當初應該更經常去看他練習。即使他覺得很煩，也不必在意，去看他比賽就好。如果當時經常去看他比賽，就更能夠理解他投入足球的熱情，也更瞭解他受傷時所承受的打擊，更能進一步知道他在俱樂部有哪些朋友，就可以敏感地察覺到朋友之間發生的摩擦。

聽不到他挑球的聲音至今才幾個月，規士在這幾個月中迷失了前進的方向，偏離了原來的路。

貴代美想起他小時候的事。

在他一歲半的時候，小雅出生了，貴代美忙於照顧小雅，所以幾乎不再抱他。不，在懷小雅的時候，挺著大肚子很吃力，看到他搖搖晃晃學會了走路，就不再抱他了。

母子三人一起出門時，貴代美總是抱著小雅，牽著規士。

只不過並不是隨時都能夠牽著他的手。尤其他是男孩子，只要稍微一鬆手，他就會東跑西跑。

但她很有自信地認為，即使鬆開了規士的手，也可以感受到規士在哪裡。現在回想起來，認為自己在鬆手的時候，規士並沒有調皮搗蛋也許只是自己一廂情願的想法……

記得有一次，貴代美發現小雅流鼻涕了，所以想要為她擤鼻涕。那時候準備去車站前的超市買菜，規士那時候快兩歲半。貴代美鬆開了牽著規士的手，拿出面紙，為小雅擤鼻涕。

「媽媽，有鳥走過來。」

聽到規士的聲音，貴代美向後瞥了一眼，發現規士看到鴿子向他靠近，害怕得向後退。

「那是鴿子，沒什麼好怕的。」

貴代美對規士說完，繼續為小雅擦鼻涕。小雅那天特別安靜，不知道有沒有發燒。貴代美擔心著這件事，摸著小雅的額頭和脖子，觀察她的表情。小雅是早產兒，讀小學時，和同年的孩子在一起，看起來特別矮小，而且她原本就很瘦，體質也很弱。經常聽其他媽媽說，小男生很容易發燒，照顧很辛苦，但在石川家，照顧小雅更費心，所以只要小雅的臉色不太好，貴代美都格外小心謹慎。

「鴿子跑掉了。」

聽到規士在背後的說話聲，貴代美自認為規士跟著自己走了過來。沒想到幾秒鐘後，貴代美聽到汽車急剎的聲音，驚訝地回頭一看。

她看到規士跌倒在十公尺外的路口，她整個人愣在那裡尖叫起來。

前後只有短短幾秒鐘的時間，規士什麼時候跑去那麼遠的地方……貴代美難以置信。

幸好最後並沒有大礙。汽車駕駛看到規士朝向車道奔跑時被路緣石勾到，倒向車道，立刻踩了剎車，所以汽車並沒有撞到規士。

如果規士沒有跌倒，可能就會撞上了……想到這裡，就感到不寒而慄，但只要稍不留神，小孩子就會跑去意想不到的地方這個事實更讓她感到震驚，在接下來很長一段時間，貴代美內心都很警惕。

也許和那時候一樣……貴代美不由得想道。雖然她知道，即使是同一個孩子，拿兩歲半時的事和十六歲時相比很奇怪，但在父母的感覺中，無論兩歲半還是十六歲都沒有太大的差別。父母只是稍不留神，小孩子就會出現在難以置信的遙遠地方。

現在回想起來，貴代美也覺得自認為瞭解自己和規士之間的距離，發現了危險的萌芽，而且搶先摘掉了。然而，最後還是無法防止這次的狀況，這意味著自認為瞭解規士狀況的感覺只是一廂情願。自己從小到大都這麼天真，這意味著她當母親之後，這方面也一直沒有改變。

即使絞盡腦汁，也無法想到任何可以讓她心情放鬆的答案，她抬起了頭。剛好電話鈴聲響了，原本打算讓電話直接轉入答錄機，但聽到擴音器中傳來姊姊的聲音：〈貴代美，我是聰美。〉，於是在電話掛斷之前就接起。

「喂？」

〈啊喲，妳在家啊。〉

「對，我在家。」

聽美敏感地發現貴代美的聲音不對勁。

〈妳怎麼了？怎麼聽起來沒精神？〉

「是喔？」她覺得承認或否認都很麻煩，於是不置可否懶洋洋地回答。

〈妳哪裡不舒服嗎？〉

「那倒沒有……」

〈是為了小規的事？〉聽美立刻猜到了，〈他還沒有回來嗎？〉

「嗯……是啊。」

〈真傷腦筋。〉她語帶驚訝地說，〈昨天那起事件公布名字之後，我鬆了一口氣，覺得幸好不是小規，但他到底去了哪裡？〉

「剛才警察來家裡，」貴代美嘆著氣說，「警察說，昨天那起事件的被害人是和規士一起玩的朋友。」

〈啊？這是怎麼回事？〉聽美驚訝地反問。

「讀初中的時候，他們參加了同一個足球俱樂部。」

〈所以呢？〉

「我也不太清楚……警方可能認為他和這起事件有關。」

〈小規嗎！？〉聰美大叫，〈所以他現在是潛逃，不讓警方抓到嗎？〉

聰美直截了當的問題讓貴代美感到很傻眼。

「不知道啊，警察什麼都不告訴我們，但我猜想他們現在也不是很清楚到底是怎麼回事。」

〈但是，既然小規沒有回家，那就八九不離十了。〉聰美擅自得出結論說道，〈貴代美，妳有什麼打算？這件事非同小可。〉

「我知道……但現在還不瞭解情況。」

〈真的很難相信。〉聰美似乎想像著貴代美的心境說道，〈我聽妳這麼說，也無法馬上相信。小規竟然會犯下那種案子……真希望是搞錯了，但在這個節骨眼下落不明，而且之前又和遇害的那個小孩玩在一起。〉

貴代美無言以對，聰美不停地說著〈真傷腦筋〉、〈捅了這麼大的婁子〉。

〈未成年犯罪，父母要負責……而且犯下了這種造成別人死亡的事件，輿論不會原諒，也不是道歉能夠解決的事情，賠償的金額也會很驚人。〉

「現在還不需要思考這種事。」貴代美很想摀住耳朵，不願意聽聰美說這件事。

〈沒這回事，必須趁現在就思考清楚，〉聰美語帶威脅地說，〈必須做好心理準備。因為他早晚會遭到逮捕……不可能一直逃亡。〉

規士早晚會被警察抓住……的確要為這件事做好心理準備，但貴代美完全沒有真實感。

未必真的就是這樣……貴代美想要反駁，但最後閉了嘴。目前的確還有這件事並非事實的可能性，但這意味著規士有可能不是加害人，而是被害人。貴代美不願思考這種可能性。

〈這件事真的很嚴重……也許妳覺得到時候自然有辦法解決，但輿論可不這麼認為，妳必須做好心理準備。〉聰美好像在自言自語般繼續說道，〈剛才和媽媽一起吃午餐時，我們還在聊，幸好不是小規……〉

「妳不要跟媽媽說這件事。」

〈即使妳叫我別說也沒有用，〉聰美為難地說，〈因為我已經告訴她，妳在為小規沒有回家擔心……〉

「妳不需要再告訴她，即使媽媽問妳，妳說不知道就好。」

母親最近的身體狀況雖然穩定，但每次見到她，就覺得她越來越老了。她每年都很期待看到規士的成長，之前規士要練足球，無法回去看她時，貴代美都會寄照片給她，她每次都很高興。如果是好消息，貴代美絕對不吝於和母親分享，但不忍心讓母親年邁的身體還要面對這種消息。

〈媽媽又不是小孩子，即使想要隱瞞，她早晚也會知道。〉

「即使這樣也沒關係。」

〈目前這種情況，你們恐怕也不知道連假期間能不能回來這裡。〉

「應該沒辦法回去，妳就跟媽媽說，我們去掃墓了，但因為我老公工作很忙，所以就直接回去了。」

〈不必勉強說……〉聰美嘆著氣說。

「拜託了。」貴代美強勢地要求，「總之，我現在沒有空顧及媽媽的事，所以妳先不要說，一旦知道新的狀況，我會和妳聯絡。」

〈真是傷腦筋。〉姊姊還想繼續聊天，但貴代美說了聲「那就先這樣」，掛上了電話。

11

傍晚四點半左右，小雅回到家裡。她似乎聽了貴代美的話，沒有去KTV唱歌。即使貴代美沒有特別說，她得知哥哥失蹤可能和新聞中報導的事件有關，應該也沒有心情在外面玩。她走進客廳時，臉上的表情很凝重。

「外面有電視台的記者，問我爸爸、媽媽在不在家……」

她刻意用不帶情緒的聲音說。也許她不知道現在這種情況，該用什麼情緒說話。

「不必理他們。」

坐在沙發上的一登回答。門鈴響了好幾次，所以她知道有記者守在門外，但一登和貴代美都沒有回應，記者在門外守了一陣子，最後終於離開了，只不過又有其他電視台的記者跑來按門鈴。如果可以關掉電源，很想把對講機關掉，但當初水電業者裝的是直接連結電源式的對講機，所以無法輕易關掉。一登也對門鈴一直響個不停感到煩躁，拿出了說明書，試圖解決這個問題，但最後還是只能忍耐。

「我剛才經過阿倍家的時候，阿倍阿姨對我說，停在他們家圍牆前的車子是來找我們的，可不可以請他們停去其他地方。」

一登和坐在餐桌旁的貴代美互看了一眼，輕輕咂著嘴。隔壁阿倍家建了水泥圍牆，所以靠著他家的圍牆比較好停車，但他們當然會對和自家無關的車子停在那裡感到不舒服。

一登家沒有圍牆，有可以停兩輛車子的空間。有人為工作的事上門時，通常都會請他們把車子停進來，但由於一眼就可以看出是在院子內的空間，所以媒體記者也不至於那麼厚顏無恥，未經同意就把車子停進來。

不，搞不好記者試圖用這種造成左鄰右舍困擾的方式，逼迫一登和貴代美接受他們的採訪。記者不停地按門鈴，一登決定無視，所以也沒辦法去事務所。雖然不知道記者想要問什麼，但想到記者守在門外，就不想出去。記者也一定看穿了這種心思，所以搞不好用各種方法逼自己就範。

五點後，一登打開了電視。各家電視台都開始播報晚間新聞。他的心情很複雜，既想知道最新消息，又不太想知道。然而，即使閉上眼睛，捂住耳朵，別人都會查明真相。一登認為自己必須知道這些事。

有一個節目把昨天在戶澤發生的事件作為頭條新聞，重複了節目昨晚的報導中提到的情況——在汽車的行李廂內發現了屍體，有人目擊有幾名少年從現場逃離。

之後，螢幕上出現了有人在看似丟棄汽車的三岔路口旁的人行道上供了花束的影片。

〈他的個性很開朗，經常說笑話逗大家笑……他在班上很受歡迎。〉

死者同班的女生前來供花，帶著哭腔接受了記者的採訪。

〈我無法原諒凶手，希望可以早日抓到凶手。〉

螢幕上出現了倉橋與志彥和朋友一起比著勝利姿勢的照片，朋友的臉打了馬賽克，倉橋與志彥的臉上露出無憂無慮的笑容。細長的葫蘆臉看起來的確很開朗，看得出是班上受歡迎的少年。

有些照片看起來像是來自初中的畢業紀念冊，有些是穿著武州戶澤足球俱樂部制服的照片，但他在每張照片上都露出容易和人親近的笑容。

從他髮尾翹起的髮型看來，感覺並不像優等生，但也無法從他身上感受到不良少年的味道。一登對於他和規士成為朋友並不感到意外。

戶澤商業的校長召開了記者會發表意見。

〈聽說他在班上很會帶動氣氛，常常面帶笑容，大家都很喜歡他。想到他因為這起令人痛心的事件失去了寶貴的生命，就感到極度遺憾和不捨。〉

學校方面對他的評價也差不多。應該沒有經過修飾，這就是倉橋與志彥這個人的正當評價。

然而，媒體越是將焦點集中在倉橋與志彥是個性開朗，很受同學歡迎的少年，就會更加襯托這起事件的殘忍性和異常性。不難想像，這些報導會因此激發起民眾對這樣無辜的少年為什麼會遭到如此殘忍對待的憤怒。如果這起事件和一登無關，他看到這樣的新聞，也會有相同的感受。

然而，在這起事件中，規士位在和可憐的被害人相反的位置，自己的兒子造成了這種殘忍性和異常性。

雖然無法相信倉橋與志彥這樣的孩子竟然成為這起令人痛心事件的被害人，但更不能相信像規士那樣的孩子竟然會成為加害人……很瞭解規士的人應該都會有相同的感想吧？還是說，這只是自己身為父親的偏心？無論如何，規士的為人不會像倉橋與志彥一樣受到重視，即使受到重視，也無法引起輿論的共鳴。

看到相關新聞的人都會對事件的殘酷留下深刻印象，也會透過想像認定加害人殘忍凶惡。如此一來，無論在事件中扮演怎樣的角色，平時的為人處事都不再重要，只因為是身處加害人的立場，規士就會被貼上凶殘罪犯的標籤。

事件就是這麼一回事……雖然一登內心還無法接受，但他在人生路上建立的常識，無情地得出了這樣的結論。

〈雖然他人很好，也很開朗，但在暑假結束後遇到他，覺得他好像和之前不太一樣，臉上的表情好像有點鬱悶……〉

〈而且他那時候臉也很腫，他說和朋友打架……〉

一個男生談到了倉橋與志彥的近況。

這一點也和規士一樣。一登難過地這麼想。無論規士和倉橋與志彥再像，在這起無可挽回的事件發生之後，兩個人的立場完全相反。

酷奇在一登面前心神不寧地走來走去，輕輕地汪汪叫個不停。牠似乎想去散步。因為之前訓練牠不能在家裡大便，所以牠忠實地忍耐著。

雖然目前的狀況無法悠哉地去遛狗，但因為主人的關係，讓牠必須忍著排泄，未免太可憐了……一登想到這裡，決定帶酷奇去散步。

「把電視關起來。」

他正在為酷奇裝狗鍊，貴代美說道，似乎覺得電視很礙眼。雖然一登覺得她前一刻還坐在餐桌前，轉過頭盯著電視看，現在竟然說這種話，但也很能夠體會暫時想要遠離有關事件報導的心情，於是就拿起遙控器，關上了電視。

他牽著酷奇走出家門。秋日的天空漸漸暗了下來。

有兩個人影站在家門前，其中一人拎著攝影機。

那兩個人一看到一登走出家門，立刻跳了起來，拎著攝影機的男人把攝影機扛到肩上。

「請問是規士的爸爸嗎？我們是京城電視台的記者，可以向你請教幾個問題嗎？」

另一個看起來像是記者的男人在說話的同時走了過來。

「那輛車子是你們的嗎？」一登沒有理會他的問題，用下巴指向停在鄰居家圍牆前的廂型車問，「鄰居向我們抱怨，如果是來找我們的，希望可以把車子開走，可以請你們停去其他地方嗎？」

「沒問題，我們會把車子開走，請問可以請教你兩三個問題嗎？」記者擋住了一登的去路問道。

「怎麼回事？為什麼把攝影機對著我？」

「這只是為了記錄採訪內容，很抱歉，希望能夠得到你的諒解。我們不會拍到你的臉，只拍胸部以下。」

雖然記者的態度很溫和，但可以感受到他一旦逮到人，絕對不會輕言放棄的執著，一登忍不住嘆著氣說：

「我什麼都不知道，所以無法回答你任何問題。」

酷奇拚命扯著狗鍊，想要趕快去散步，但因為一登停下了腳步，所以牠無法動彈。

「只要在你能夠回答的範圍就好。聽說昨天被發現的倉橋與志彥和你兒子經常一起玩，請問是不是這樣？」

「雖然這麼聽說了，但其實我也不知道，因為我從來沒有聽兒子提過倉橋的名字。」

「請問你兒子目前在哪裡？」

「不知道，從昨天就無法聯絡到他，我們也很擔心。」

「請問最後一次和他聯絡是什麼時候？」

「昨天下午，他曾經傳電子郵件給我們，說他暫時無法回家，叫我們不必擔心。」

「他什麼時候出門？」

「前天晚上。」

「他出門時說了什麼？」

「沒有特別說什麼，感覺只是出門一下而已。」

「他看起來有沒有很慌張，或者很激動之類，讓人感到擔心的樣子？」

「沒有。」

「最近有沒有發現他行為有點奇怪之類的情況。」

一登停頓了一下後回答：「我不知道。」

「聽說倉橋和你兒子前一陣子曾經和朋友內訌打架……」

「我已經說了，我不清楚。如果你採訪得知了什麼消息，很希望你可以告訴我。」

雖然一登這麼說，但記者並沒有反應。

「那我就失陪了。」

一登覺得差不多了，就從記者身旁走了過去。

記者又追了上來。

「請問你對倉橋的死有沒有什麼感想？」

「什麼感想……」

一登對這個問題毫無心理準備，讓他意識到自己目前身處的立場，必須面對通常會對加害人家人發問的這個問題。

「當然很令人心痛，但目前還不瞭解狀況，所以也不知道該說什麼。」

「倉橋去世這個事實已經很明確了。」

雖然一登覺得第三者的臆測無法決定自己的立場，但記者堅持要把他推向加害人家屬的立場。

「我不是說了，很令人心痛嗎？我並不瞭解進一步的狀況，所以也不知道還能說什麼！」

記者毫不客氣地追上來問話的無禮態度惹惱了一登，他說話的聲音也不知不覺變得有點情緒化。一個推著腳踏車經過的女高中生好奇地看著一登。

「現在還不瞭解狀況，請你不要亂說話。」

「我哪有亂說話？」記者裝傻地問。

「可不可以請你不要跟著我？我只是去遛狗，還會再回來。」

一登說完，邁開了步伐，記者沒有再跟上來。

目前真的還不瞭解狀況，在這種情況下，要求自己扮演加害人的家屬也太莫名其妙了……。一登帶著酷奇散步，回想著和記者之間的對話，確認自己並沒有說錯話，試圖平靜起伏的心情。

除了這些思考以外，接下來該怎麼辦的不安在內心擴散。

如果找到規士的下落，警方逮捕了他，確認他是這起事件的加害人之一，到時候會怎麼樣？

自己必須對著媒體鏡頭，淚流滿面地道歉嗎？

在開庭審判規士時，自己必須站在證人席上反省自己的教育方法出了問題，發誓會盡力協助他更生嗎？

到時候必須一次又一次寫信給倉橋與志彥的父母道歉，必須賣掉目前的房子來賠償嗎？

自己的工作會怎麼樣？

當然不可能像現在一樣持續工作，也無法繼續和高山建築、花塚泥作工程行等之前有往來的業者合作。他們不會再理會自己，消息會很快傳開，沒有人願意和自己合作，到時候就必須離開戶澤，在其他地方重新打天下，卻無法保證一定能夠成功。

太可怕了。

那是和「未來」兩個字毫不相襯的可怕世界。

他仍然對規士是加害人之一這件事沒有真實感，但是，他覺得周圍的人正在逐漸建構這麼可怕的未來。這種意識的差異導致的溫度差讓一登感到不寒而慄。

他走在路上，不由得想起以前的事。

雖說是以前，但其實是規士讀小學六年級的事，所以才四年前而已。

在岐阜老家為父親去世七週年辦法事的那年夏天，一登發現附近的里川正在舉辦釣鱒魚大賽。他覺得難得回岐阜，就從儲藏室內找出兩根以前用過的釣竿，帶著規士一起去釣魚。

一登小時候曾經在河灘抓水生昆蟲作為釣餌釣櫻鱒，釣放流的虹鱒當然易如反掌，但因為規士第一次釣魚，所以起初一直學不會根據浮標和手的感覺分辨魚是否已上鉤的釣魚要領。

一登站在規士的身後，教他分辨魚上鉤，和用鉤子鉤住魚嘴的時機後，規士終於學會了。他戰戰兢兢地操作著被魚壓彎的魚竿，興奮地叫著「魚在掙扎，魚在掙扎」，開始和魚拉扯。

一登也教了他如何收線，協助他釣了兩三條魚之後，規士突然信心大增，一登就讓他自己釣，然後也在一旁開始釣魚。

「爸爸！」不一會兒，規士呼喊，「好像釣到了小魚！」

一登抬頭一看，那條魚似乎因為規士拉扯太用力，所以飛了起來，正在河灘上蹦跳著。

「喔，是櫻鱒！」

那應該是初夏時放進河裡的魚苗，還不到十公分。整齊的紋路排列在牠幼小的身體上，還有許多紅點。

「櫻鱒不好釣，竟然被你釣到了。」

一登稱讚他。

「我把釣竿拿起來，剛好鉤到了。」

規士開心地笑了起來，拿著被比喻為寶石的溪魚說。

「不過，把這條魚放回去吧。」

規士正準備把魚放進水桶，聽到一登這麼說，忍不住皺起了眉頭。

「為什麼？」

「因為牠還太小了，差不多和你一樣的年紀，釣牠未免太可憐了。」

規士雖然很不捨，但似乎接受了一登的提議，點頭說「好」。

「慢慢把牠放進水裡，要用手托著牠，直到牠游起來為止。」

一登教了規士放生的方法，規士按照他的指示想要把魚放生，但魚躺在規士的手掌上一動也不動。

「牠可能死了……」

正當規士擔心地這麼說時，小小的櫻鱒好像活過來似地扭著身體，回到了河裡。

「太好了。」

規士開心地說著，看向一登。一登看著他的樣子，心情也很愉快。他認為自己的建議有充分的意義。

之後，規士對釣魚就不再像前一刻那麼熱衷。他似乎也有很多想法。

「爸爸，我問你，」回家的路上，他問一登，「魚被釣起來的時候會很痛嗎？」

聽到規士很孩子氣的問題，忍不住噗哧一聲笑了，思考著該怎麼回答。

姑且不論年紀更小的時候，規士和小雅那時候已經讀小學高年級，但無論他們問的問題再孩子氣，一登都會認真回答，從來不會用騙小孩子的回答來敷衍。

當時，他也說出了像樣的回答。魚的嘴巴沒有痛覺，所以不會覺得痛。魚被魚鉤鉤到時，之所以會掙扎，是想要逃離釣竿的抵抗。魚不是因為痛，而是為了自由本能地奮戰。人類運用智慧和技術釣魚，釣魚就是人和魚之間的競賽……

用這種方式說明，可以充分傳達魚的勇敢和釣魚的樂趣，一登感到很滿意。

然而，他當時想起了規士把小櫻鱒放生時溫柔的表情，想要好好珍惜這一幕。

「規士，如果你是魚，如果被魚鉤鉤到嘴巴，你會怎麼想？」

「我絕對不要，很痛欸。」

規士說完，笑著皺起了臉。

「魚可能也這麼想。」

規士聽了一登的話，深有感慨地看著裝在冰箱桶內的魚，語帶同情地說：「魚的日子也不好過。」臉上的表情也很溫柔，一登覺得自己的回答說對了。

那次之後，一登就沒有和規士一起去釣過魚。很重要的原因，是因為規士上了初中之後，忙著練足球，但一登總覺得父子之間在當時的對話也產生了不小的影響。一登曾經想，如果規士央求，就會帶他去釣魚，只是一直沒有這個機會。

即使如此，一登仍然認為自己當時的回答沒有錯。他至今也很滿意當時的回答，所以才會記得這麼清楚。

規士小時候就是這麼善良。

這樣的孩子會在短短四年，就變成一個會參與造成他人死亡事件的人嗎？

人在成長過程中的想法會改變，在一步一步變成大人的人生階梯上，無法只說漂亮話過日子。

不，並不是只有人類會改變。小時候被人類馴服的猛獸，長大之後就會表現出野性的一面，會在意想不到的時候對人類露出獠牙，所以也有這種本能的問題。

規士進入青春期後發生了改變，所以一登當然知道，現在的規士已經不是小時候的他了……

然而，一登無論如何都無法把規士和這次的事件連在一起。

這兩件事完全無法混為一談。

他對沒有出口的思考感到疲憊，忍不住嘆了一口氣。酷奇來到河邊的草叢後在附近打轉，找到理想的地點後開始排泄。看到牠毫不在意人類煩惱的樣子，一登的嘆息也變得無力。

「不好意思……」

一登清理完酷奇的狗屎站起來時，身後傳來一個戰戰兢兢的聲音。

回頭一看，一個看起來像是高中生的女生推著腳踏車站在那裡。一登發現就是剛才在住家附近看到的那個女生。她穿著深藍色洋裝，腳上是一雙有點土的球鞋。一頭黑色短髮和一對內雙的柔和眼睛令人印象深刻。

「我剛才在規士家的門口看到你，請問你是規士的爸爸嗎？」那個女生問。

「對。」一登在回答的同時，她自我介紹說：「我叫飯塚杏奈，是規士班上的同學。」然後向一登鞠了一躬。

一登聽過這個名字。小雅和貴代美之前說，她是規士的女朋友。

「我聯絡不到規士，我傳Line給他，他不讀不回，打電話給他，也只聽到關機的語音，我很擔心，所以來他家看看……」

一方面是因為昨天發生了那起事件，她才會這麼擔心。她雖然來家裡探視，但看到有記者扛著攝影機守在門口，事態顯然很不尋常。她正不知道該如何是好，看到一登走出家門，於是就追了上來……應該就是這樣。

「謝謝妳為他擔心。」一登回答，「他前天晚上出門之後，就一直沒有回家，電話也打不通。」

飯塚杏奈垂頭喪氣地嘆了一口氣。

「我看到新聞報導說，發現了規士的朋友，就讀澤商的與志彥的屍體……但是，這一陣子都很難聯絡到規士……有點擔心……」

她說出了內心的苦惱。

「不好意思……讓妳為他擔心了。」一登說。

「不。」杏奈搖了搖頭。

「他在家裡幾乎不談朋友的事，所以我也完全不知道是怎麼回事，覺得很傷腦筋。我也是在事件發生之後，才知道那個叫與志彥的人經常和他玩在一起。」

「他和與志彥在初中時，曾經一起參加同一個足球俱樂部。與志彥的足球踢得不是很好，一直都在二軍和三軍，但他很搞笑，或者說很活潑幽默，所以大家都很喜歡他。」

「這樣的人為什麼會遇害？」一登忍不住問了浮現在腦海的這個單純的問題。

「我也不知道，」杏奈說，「但如果有背叛行為，或是不守信用，即使以前是好朋友，不，正因為是好朋友，所以可能更無法原諒。」

「正因為是好朋友，更無法原諒嗎？」一登小聲嘀咕後問杏奈，「妳覺得規士是那種遇到這種事，會覺得無法原諒對方而情緒衝動的人嗎？」

杏奈遲疑了一下後開了口。

「我想必須看時間和場合，我也不太清楚。」

雖然一登很希望聽到杏奈說，她覺得規士不是這種人，但要求這個少女說出自己期待中的回答太莫名其妙了。一登雖然感到有點不滿，但改變了問話的方式。

「規士除了與志彥以外，還有和其他足球俱樂部時代的隊友一起玩嗎？」

「有四、五個以前的隊友，其他人是那些隊友的朋友，所以也就認識了。以前是隊友的那些人，現在都已經不再踢足球了……大家都很閒，於是就聚在一起……這是規士以前告訴我的。」

「他是因為不踢足球之後，才和這些人混在一起嗎？」

一登並不感到意外。

「他膝蓋受傷的事，有沒有對家裡的人說什麼？」杏奈問。

「有沒有說什麼？」

「像是為什麼會受傷？」

「沒有……只說是在練習比賽時受了傷。」

聽杏奈的語氣，事情顯然沒有這麼簡單。

「雖然我不知道該不該說這件事，」她猶豫了一下後，再度開了口，「那是二年級的學長故意害他的。」

「啊？」一登聽到她斷定的語氣，忍不住驚訝地問：「這是怎麼回事？」

「那一次是練習賽，也就是足球社進行了分隊比賽。我那時候是足球社的總務，所以也看了那場比賽。規士因為之前曾經參加過俱樂部的初中隊，所以老師很看好他，他是一年級學生中，唯一加入主力隊的成員。在比賽時，和規士一樣都是中場球員的學長鏟球，造成規士受了傷。他從後面鏟球，真的超過分，老師也立刻要求那個學長退場。」

杏奈垂著眼睛說話，也許回想起當時的情況，微微皺起了臉。

「雖然造成規士受了重傷，甚至必須動手術，但表面上並沒有引起大問題。因為周圍的其他學長說，是規士先踢人，所以變成好像雙方都有錯。」

一登不知道實際情況如何，只能皺著眉頭用眼神發問，杏奈輕輕搖著頭說：

「規士的確也鏟了球，但那是裁判不會吹哨的正常鏟球，但他們說得好像規士也有錯，所以我覺得他很可憐。」

原來是這樣。一登終於瞭解有人仗著學長的立場，表達了不合理的意見。

「但是，害規士受傷的那個二年級學長向規士道了歉，也受到了懲罰，所以事情就到此為止。規士當時也覺得是因為比賽時太投入，才會發生這種情況，也因為這樣，他在手術後努力復健，想要早日歸隊。」

有好幾個職業選手在受了傷之後努力復健，最後順利回到球場。一登原本以為規士是因為受了傷而退出社團，原來事情並不是這麼單純。並不是因為受了傷而結束，而是有什麼心情上的問題，讓他放棄了選手生涯。

「老實說，之後的發展可能是我的錯。」她痛苦地說，「但是，我不小心聽到了。我聽到讓規士受傷的學長，和其他二年級的隊友說，因為石川太狂妄了，所以要毀了他，一切太順利了……我應該把這件事放在心裡，但因為無法原諒學長，所以就告訴了規士。」

她又皺了皺臉頰。

「雖然規士假裝冷靜地說，他早就猜到了，但我相信他很受打擊。他不僅對讓他受傷的那個學長的心地這麼壞感到失望，也對其他學長竟然袖手旁觀感到失望。他在復健了一段時間之後，就不再來看比賽，而且還對我說，他可能會退出足球社。」

天色越來越暗，杏奈臉上的陰影也越來越深。剛才一直在拉扯狗鍊，想要去散步的酷奇似乎決定放棄，在原地坐了下來。

「雖然他嘴上這麼說，但他熱愛足球，所以我想他內心還有一半想要歸隊，但在暑假之後，害規士受傷的二年級學長遭到了攻擊，他就完全打消了這個念頭。」

「啊？」

「我並不是聽那個學長親口說的，只知道他在社團活動結束後回家的路上，被好幾個拿金屬球棒的人圍住，打斷了腿。那個學長之後就無法來社團了。」

「怎麼回事？」一登不知道該如何解讀這件事，「規士和那個學長受傷有關嗎？」

但是，仔細思考之後，就發現這個問題沒有意義。正因為她認為有關，才會和一登聊這些事，只是一登希望和規士無關。

「我問了規士之後，他說『我不知道』，但我有點不太相信。」

她到底想說什麼……一登只知道她說的內容並不平靜，不由得緊張起來。一登的沉默像是在催促，她繼續說道：

「發生那件事的那天，規士邀我去星巴克。在兩三天前，他在電話中問我：『社團活動到幾點結束？』我覺得既然要見面，就想先回家洗個澡，換件衣服，所以就問他七點見面好不好。他說晚上有其他事，希望我在社團活動結束後，立刻和他見面。我覺得既然這樣，那就不要約那一天，等改天他時間更充裕時見面，但他堅持要那天見面，問我社團活動幾點結束……」

她說的這件事中充斥濃濃的復仇味道，一登感到無法呼吸。

「結果那件事發生之後，二年級的學長都說和石川有關，因為我那天和規士見了面，所以否認了這種可能性，但學長說，那明顯是在製造不在場證明，而且他們知道攻擊學長的那些人是石川的朋友，我就無話可說了。」

如果那是有計畫的報復，計畫顯然很粗糙，一眼就被人識破了。

「我也問了規士，就像我剛才說的，他回答說『我不知道』，但在回答時的態度很奇怪……我覺得他好像在隱瞞什麼，所以不知道該相信誰。」

她低下頭，用肩膀呼吸。

「如果和他有關，其實也沒關係……不，雖然不是沒關係，但我能夠理解他的心情，只是我很希望他能夠事先告訴我，如果他心意已定，無論如何都要這麼做，我或許能夠接受，然後對他提供協助。沒想到他說他不知道，而且什麼都不告訴我，就看我願不願意相信他了。也許我應該相信他，我也想要相信他，但還是無法做到……對不起，我神經太大條了，竟然對他的爸爸說懷疑他的話。」

「不……」

一登無法強烈反駁，因為如同她深陷痛苦，一登也感到痛苦。

「不久之後，學長就覺得我是石川派的人，對我很不友善，所以我在暑假一半的時候，就無法再去社團了。不僅如此，規士也說我們暫時不要見面比較好……然後就發生了這次的事件。我不知道他的周圍最近發生了什麼事，而且電話又打不通，我覺得應該不可能和他沒有關係，越想越坐立難安。」

一登無法說出任何可以安慰杏奈的話，只能希望她藉由訴說自己的立場、和規士之間的關係，可以稍微消除內心的疙瘩。

一登內心對她的關心一閃而過。

比起對她的關心，他有太多需要在內心消化的事。

聽了杏奈的話之後，一登感受到某種扭曲。

她所說的內容，和一登對這起事件所瞭解的狀況——倉橋與志彥遭到殺害，規士和其他幾名少年下落不明的狀況之間，存在著巨大的扭曲。有太多未知的事，所以無法輕易得出簡單的推論。

在這種扭曲的後方，可以隱約看到的真相似乎已經伸手可及。一登感到焦躁不已，想把真相拉到眼前。

「那些學長有沒有向規士報復？」

一登想起規士臉上的瘀青。

杏奈對他搖了搖頭。

「應該沒有。有一次，我看到他來學校時臉都腫了起來，以為是學長找他報復，於是就問了他，他說完全不是這麼一回事。雖然那只是我的直覺，但我覺得他當時的回答應該不是說謊。」

她似乎和一登在想同一件事，但她否認之前並沒有太多猶豫。

如果那不是原因……

「這次的事件和那些三年級的學長有關嗎？」

雖然這個問題有點跳躍，但一登認為並不是完全缺乏脈絡的想法。也就是說，也許三年級的報復導致規士受傷，倉橋與志彥參與了這件事，所以這次的事件是為了復仇。

但是，杏奈再度搖了搖頭。

「我想應該和他們無關。我不經意地向目前擔任足球社總務的朋友打聽了一下，她說今天那些學長也都去參加了社團活動。如果他們參與了那起事件，應該沒有心情去參加社團，所以我覺得應該和他們無關。」

她也想到了這種可能性。然而，既然像她說的那樣，的確必須推翻這種可能，至少那些學長和這起事件沒有直接的關係。

「足球社的二年級學長中，害規士受傷的那個學長脾氣最暴躁，很愛和別人吵架，其他人雖然嘴巴很賤，但不會胡作非為，不太可能做那種毀了自己高中生活的事。」

一登發出低吟。

他仍然找不到原因。

現實仍然很扭曲。

然而，在他努力尋找原因時，他覺得真相隱約出現在扭曲的現實後方。

雖然找不到原因，但漸漸萌生了無法忽略的可能性。

「這就是我瞭解的所有情況……我很希望可以瞭解到新的情況，所以才來這裡。」

杏奈說完，抬起了頭，一登還是無法消除她臉上的憂鬱。

「對不起，雖然我是他的父親，但也有太多不瞭解的事。規士不出面，就無法釐清事實真相。所以今天去警局報了失蹤，請警方協尋。這是我唯一能做的事，連我自己都覺得丟臉。」

「希望他可以平安回來……」

杏奈悵然的嘀咕融化在一登的思考中，產生了強烈的刺激。

原來她也意識到了這種可能性。

一登用手抹了抹臉，努力讓自己的心情平靜。

借用她剛才說的話，自己目前真的是坐立難安。

這種時候，該對她說什麼？一登無法回答說「希望如此」。

這和自己的心情有微妙的落差。

「規士爸爸，謝謝你聽我說這些。」

杏奈似乎發現一登不會再說什麼，微微鞠了一躬。

「不，我才要謝謝妳。」

和杏奈道別後，一登走在河岸旁。酷奇似乎已經失去了散步的心情，腳步不再輕盈，於是帶牠走了一小段路就回家了。遠遠看到了杏奈騎著腳踏車離去的背影。

光聽她說的情況，無法瞭解規士和他周遭的人際關係。

但是，她說的那些情況建立在「人若犯我，我必加倍奉還」的行動原理上，一旦捲入糾紛，任何人既可能成為加害人，也會變成被害人。

規士可能成為被害人。

一登強烈意識到這種可能性，帶著某種興奮深深嘆了一口氣。

雖然他不瞭解發展成為這種事態的背景，因為目前缺乏足夠的事實瞭解狀況，所以還無法下定論。

但是，當他覺得規士不是加害人，而是被害人，無論前提多麼不充分，他都不覺得意外。

姑且不論小打小鬧，以規士的個性，在這次的這種凶殘的事件中，他更有可能成為被害人。

目擊證人說，有兩個人逃離現場。

根據貴代美從記者口中聽到的消息，包括規士在內，有三名少年下落不明。

一登從貴代美口中得知這件事，並沒有深入思考人數的落差所代表的意義。即使聽到目擊者說只有兩個人逃離現場，也認為這個人數未必正確。

然而，如果所有的數字都正確……

是否代表除了倉橋與志彥以外，還有另一個被害人？

光是這一點，就讓規士是被害人的見解增加了可信度。

貴代美雖然嘴上沒有說，但可能也察覺到這種可能性。一登回想她的樣子，發現了這件事。

這也難怪。因為如果規士是被害人，而且目前下落不明，就意味著必須為他的生死擔心。

光是想像一下，就感到可怕。

但是，如果規士是加害人，參與了將倉橋與志彥凌虐致死，至今仍然逃亡，也是一件可怕的事。

遺憾的是，這起事件沒有和平的真相。

12

平時七點就做完晚餐了，今天拖拖拉拉，一直拖延到八點多。

貴代美完全沒有食慾，所以一直不想走去廚房。小雅一直關在自己房間，一登帶酷奇散步回來之後不發一語，坐在沙發上思考。

只有酷奇發出痛苦的聲音表示肚子餓了。貴代美懶洋洋地站起來，為牠打開了狗食罐頭。

接著，她順便拿出冰箱裡的蔬菜切碎後做了炒飯，然後把市售的速食湯用開水溶化，裝在碗裡，放在餐桌上。

「吃飯了。」她想叫小雅下樓吃飯，但發現對自己的聲音可以傳到二樓沒有自信。於是她走上樓梯，打開了小雅房間的折疊式門簾。

「吃飯了。」

她發現坐在書桌前的小雅正在滑手機。原本說好上高中才買手機，但在規士進高中後，她也搭了便車，一起換了智慧型手機。

原來她並沒有在讀書。雖然貴代美這麼想，但無意數落她。目前這種情況下，根本不可能有心情讀書。

小雅小聲回答後，放下手機，關了燈，走出房間。

「網路上有許多關於事件的消息。」

小雅跟著貴代美走下樓梯時，在她的背後說道。

「啊？」

「上面寫了哥哥的事，用姓氏的第一個羅馬拚音『I』或是『I川』代替，認識哥哥的人一看就知道是指哥哥。」

「上面寫了什麼？」

「各式各樣的事……不知道什麼是真的。」

原來網路討論區上有許多關於事件的八卦消息……她不由得和坐在餐桌旁的一登互看了一眼，但他什麼話都沒說。不要把網路上那些虛虛實實的留言當真，也不必在意那些內容……雖然身為家長，或許該這麼說，但如今貴代美和一登也很想瞭解有關事件的情況，即使只是傳聞也沒關係。

「明天的補習班怎麼辦？」

小雅似乎沒什麼食慾，即使坐下來吃飯，大部分時間都只是用湯匙攪動著炒飯。

「什麼怎麼辦？」

「我臨時說不去唱KTV，未央她們有點不爽……」

「這種事，只要道歉不就解決了嗎？」

雖然貴代美這麼說，但小雅的臉上並沒有露出同意的表情。她說的理由似乎並非真正的理由，貴代美沒有再說什麼，小雅攪動著炒飯，繼續說道：

「而且在課間休息時，大家都在討論這起事件……我不知道該說什麼。今天大家還不知道哥哥和這起事件有關，但現在網路上有這麼多消息，我想大家都知道了。我不知道別人在我面前聊這件事時該怎麼辦。」

想像初中三年級的小雅身處的世界，不難瞭解這種煩惱對她來說有多麼嚴重。貴代美一時想不到該怎麼安慰她。

「目前還狀況不明。」一登突然開了口，「不需要為這種事膽戰心驚，表現得落落大方就好。」

這句話有一種讓人吃驚的力量，但小雅似乎並不滿意。

「即使爸爸這麼說，」小雅微微皺著臉，「哥哥和這起事件有關這件事，已經是不變的事實，不是嗎？」

「雖然有關，但還不知道是怎樣的關係。」一登毫不猶豫地回答，「到底是凶手還是被害人，目前還不知道。」

貴代美輕輕咬著嘴唇，她知道一登也發現了這種可能性。

然而，即使一登已經發現了這種可能性，她仍然不希望一登在小雅面前說出來。

「這是什麼……」

小雅說到這裡，突然閉了嘴，「啊？」了一聲，瞪大眼睛，露出帶著疑問的眼神看向貴代美。

「爸爸的意思是，除非警方通知，否則目前還不瞭解狀況，不需要理會那些傳聞。」貴代美掩飾道，「爸爸的表達方式太奇怪了。」

「我的表達方式哪有什麼奇怪？」一登用冷靜的口吻反問，「事實就是如此，哪有什麼奇怪不奇怪的問題。」

「別說了。」

貴代美用克制的聲音打斷他，但無法阻止他繼續說下去。

「妳雖然說完全不瞭解狀況，但應該也不認為規士和這起事件完全沒有關係吧。」

「即使是這樣，也不需要故意去想那種奇怪的可能性。」

貴代美稍微加強了語氣，試圖結束這個話題，但一登似乎受到了刺激，板著臉說：

「不是很有可能發生嗎？我認為比起規士凌虐朋友，這種可能性更強。」

「所以呢！？」貴代美的情緒失控了，「你覺得規士死了也沒問題嗎？」

貴代美很少用這種情緒化的聲音說話，一登倒吸了一口氣，沉默了一下，但這似乎只是為了反駁而停頓。

「我並不是這個意思，」一登噘起嘴說，「我是說，既然不能排除這種可能性，我們就必須列入考慮。」

「現在什麼狀況都不清楚就開始想這種事，等於在說，希望事情是這樣的結果。」

「所以，」一登不滿地反問：「妳希望他是凶手嗎？」

「如果非要二擇一的話，當然是這樣更好。」貴代美說，「那還用問嗎？」

「有人送了命，妳瞭解這代表什麼意義嗎？」

「我當然知道。」

「不，妳並不知道。」一登斷言道，「在世人的眼中，加害人就是殺人凶手，這代表規士就是殺人凶手。」

「即使是這樣，我相信他一定有他的理由，才會這麼做。在瞭解這些理由之前，說這些話也無濟於事。」

「一旦有人死了，任何理由都不重要了。這個事實代表了一切。無論是基於怎樣的理由，在世人眼中，就是殺人凶手。」

明明在說自己的兒子，但自己的丈夫一直神經大條地把「殺人凶手、殺人凶手」掛在嘴上。貴代美很受不了，眼淚都快要流下來了。

「這意味著我們努力栽培的孩子變成了這種人，妳能接受這種事嗎？」

「無論能不能接受，都只能接受。這不就是父母嗎？我們只能接受他，然後協助他重新做人。」

「妳不要說得這麼輕鬆。」一登嘆著氣，搖了搖頭，「如果規士真的做了這種事，他就不再是我認識的兒子。我不認為他會做這種事，即使想要這麼認為也無法想像。如果仍然是他做的，我只能說，那不是我所認識的規士。在他做了那件事之後，他已經不再是出門時的那個他了。這就是這件事所代表的意義，既然是我們所不認識的人，所以無法輕易說什麼要協助他重新做人，協助他更生這種話。」

「規士就是規士。」

貴代美坦然說出了這句根本無法成為理由的話。事到如今，已經根本不需要理由。

「只要他還活著，隨時都可以重新做人。」貴代美的情緒激動，眼淚終於流了出來，「但是，一旦死了，就什麼都完了。」

「妳太矛盾了。」一登冷冷地說，「妳這麼說，等於在原諒殺了人之後，還四處逃亡的人。我不希望他是這種人，就只是這麼簡單而已。」

貴代美捂著臉，肩膀顫抖著。

「你這麼說，簡直就像在說，規士死了也沒關係。為什麼身為父親，可以說出這麼冷酷的話？」

「妳身為母親，難道無法相信他的為人嗎？」

「這根本是強詞奪理！」

同樣身為父母，為什麼想法有這麼大的差異？……貴代美感到氣憤不已。為什麼無法說，無論發生任何事，都會保護他？只要一登這麼說，自己就可以更堅強……

貴代美把沒吃完的炒飯倒進了水槽內廚餘籃的塑膠袋裡。

炒飯裝在餐盤內時，還勉強維持了食物外形，倒進塑膠袋後，就變得很髒，淪為噁心的垃圾。

因為完全沒有食慾，這也是無可奈何的事。她並不覺得可惜，只覺得很像是這個家庭應聲崩潰的樣子。

小雅的炒飯也倒掉了。她也幾乎沒有吃，而且沒有說聲「我吃完了」，就上了二樓。

只有一登還坐在餐桌旁動著湯匙，但他的動作很緩慢，眼前那堆炒飯同樣沒什麼減少。

不一會兒，他終於放棄了，放下了湯匙。

「對不起……我吃完了。」

貴代美覺得，比起這種事，自己更希望他為更重要的事道歉。

她知道夫妻終究是外人。一登無論做任何事，都喜歡講道理，所以在建築的工作上，也能夠向客戶說明每一個設計和構造，讓客戶接受。

然而，貴代美無法認同他把這套方式用在討論重要的家人生死的問題上。

他已經在內心殺了自己的兒子，基於相信兒子這種根本莫名其妙的理由，他希望兒子已經死了。

貴代美無論如何都無法同意這種想法。

難道自己錯了嗎？

她的確無法想像，也不願意相信規士是參與這起事件的凶手之一，而且至今仍然在逃亡。

但是，人非聖賢，無法斷言絕對不會發生這種事。可能有什麼只有他們小孩子才能理解的理由，也可能原本無意要對方的命，但在當時的氣氛，或是朋友之間相互刺激，導致行為失控，造成了無可挽救的結果。

而且，既然目前狀況不明，也不能排除規士既不是加害人，也不是被害人，和事件完全無關的可能性。雖然別人可能認為自己太天真，但內心還是抱著一線希望，尋求這種平靜的現實。

一登離開餐桌後，不發一語地走出客廳。

貴代美聽到玄關的門打開後又關上的聲音，他可能是去事務所。

這麼晚了，還要去工作嗎……貴代美腦海中閃過這個想法，但隨即想到小雅剛才提到網路的事。也許一登想要用事務所的電腦看這些消息。

貴代美也感到好奇，從收在矮櫃上的工作用品中拿出了平板電腦。

她回到餐桌前，打開了瀏覽器的應用程式。

她看了幾則新聞，但並沒有關於事件的進一步消息。

她在推特上搜尋了「戶澤」相關的消息，但只看到轉推媒體報導的內容。

只不過很多人在轉推時，也附上了自己的意見，「一定要判凶手重刑」、「這些人渣沒有資格活在世上」、「未成年就輕判的情況不改變，這些廢物就會繼續囂張」之類的意見毫不留情。這就是世人的看法嗎？貴代美不知道該如何看待這起事件，所以看到輿論嚴厲的態度，再度面對了這起事件的嚴重性。

——戶澤事件。警方似乎正在向借車子給罪犯集團的人瞭解情況。

貴代美看到了這則推特的內容，發現發推文的人名叫內藤重彥。就是來家裡的那個自由記者。

她點了內藤的個人主頁。

——戶澤事件。被害人是普通少年，無論問任何人，都沒有聽到任何負評。

——戶澤事件。是內訌嗎？被害人周圍有數人失去消息。

——戶澤事件。有人支援逃亡的可能性。

——戶澤事件。被害人可能不止一人？

——戶澤事件。凶手下落不明，潛伏在東京都內？

內藤以每天兩三次的頻率發推文更新他採訪得到的消息，發推的內容都很簡短，並沒有具體的內容，詳細的內容應該會寫在週刊雜誌的報導上。

小雅是在哪裡看到有關事件的傳聞？貴代美決定去看大型網路討論區中有關事件的討論串。

她在一大片看好戲的低俗留言中，發現有人留言提到，在足球相關的討論區中，正在熱烈討論這起事件，似乎有武州戶澤足球俱樂部初中隊的討論串。她點了進去，發現有許多看起來像是很瞭解規士等人，對事情也有深入瞭解的人留言。

——前武州戶澤初中隊的不良陣式。

S山（十七歲）後衛。在比賽中多次做出粗暴行為，是其他俱樂部避之唯恐不及的問題人物，卻仗著是教練的兒子而成為正式選手，但當然無法進入高中隊。

I川（十六歲）中場。無法進入高中隊，進入了澤商足球社。因為太狂妄，毀在學長手上。幾個月後，該學長離奇送醫。

W村（十六歲）前鋒。飛毛腿，但完全缺乏足球技巧，無法進入高中生隊。他的飛毛腿發揮在偷靴子和這次事件的逃亡上。

——聽說有兩人逃亡。

——有人認為W村逃得太快，所以那個老太婆沒看到。

——聽說那輛車子是S山向學長借的，那個學長做夢也沒有想到，竟然會用在這種事上。不過竟然把車子借給未成年人，那個學長也同罪。

——S山是在初中隊中後衛的那個傢伙嗎？我曾經在比賽時遇過他，在搶球的時候，肚子曾經挨過他好幾拳（笑）。

——看來S山是主嫌。

——我認識W村，但他看起來並沒有那麼壞。偷靴子的事是哪來的消息？

——他的大頭貼上有。

——在大頭貼上炫耀偷來的靴子嗎？竟然把這種照片上傳到網路上。

——毀了I川的學長送醫這件事讓人有點毛。

——那票人就是在I受傷之後，才開始變得凶殘。這幾個人再加上這次的被害人K去攻擊了那個學長報仇。K也不值得同情，和那票人混在一起就是自作自受。

——所以就是那票人渣內訌。

——他是被害人，說他不值得同情太過分了。如果要這麼說，導致I川受傷的澤商那個H田也是問題人物，即使遭到報復也沒什麼好怨的。

——不要把和事件無關的人也扯進來。

——誰能夠斷言他和事件無關?

——所以主嫌是S山?還是I川?S山大一屆,他應該是主嫌吧。

——既然有人送了命,出手的傢伙都同罪。感覺棄屍的事是S山主導的。

——我覺得I川也有可能。W村感覺是受當時的氣氛影響,結果就莫名其妙捲進去了。

——導致車子拋錨的是在球場上滿場飛的W村的拿手絕活吧。這傢伙可以閃過後衛,閃過守門員,射門卻不中,結果整個人衝向門網。

——電視新聞上接受採訪的是不是I的老爸?

——他說什麼?有拍到臉嗎?

——沒有拍到臉,好像要去遛狗,所以拍到那隻狗,說什麼「我們也聯絡不到兒子,所以很擔心」。

——I川家有養狗。

——這種時候,竟然還有心情遛狗。

——I的老爸是設計師,他家很漂亮。

——看起來很浮誇,所以兒子也這麼浮誇。

——他家應該很快會被肉搜出來。

——真希望有人去採訪S山教練,想聽聽這個看到自己兒子在場上行為粗暴會拍手說「好球」，如果是別人的小孩，就會被他踢屁股的名教練會怎麼說。

——原本以為他們很快就會被逮到，沒想到竟然這麼久還沒有被逮。有人窩藏他們嗎？

——他們死命地逃。有人接到S的電話，他說因為殺了兩個人，所以只能逃命了。

——真的假的？所以那個老太婆說有兩個人逃走的證詞沒錯嗎？

——另一個人是誰？

——真的嗎？如果還有人死了，那具屍體在哪？

——不是藏在哪裡，就是已經埋掉了。如果要埋兩具屍體，也能夠理解他們要一具一具處理。

在看這些留言時，貴代美感到心悸。網路上的鄉民肆無忌憚地談論規士和這個家的事。

她不知道這些留言有幾分真實性。一登是建築師，並不是設計師。網路的世界經常有這種似是而非的內容，她當然不會把所有的內容當真。

但是，既然他們已經推測出規士，就代表並不完全是一派胡言，應該可以認為，另外兩個下落不明的人也是網路上提到的那兩個人。

規士在退出社團之後，似乎都和以前初中足球隊時的隊友玩在一起。那些隊友也無法進入高中隊，甚至可能不再踢足球，所以整天無所事事，暑假時經常一起玩到天亮。

S山應該是鹽山。雖然貴代美去看規士練習和比賽的次數有限，但她知道鹽山教練的名字，也曾經聽說教練的兒子比規士大一屆。

她完全不知道W村是誰，但這名少年應該和倉橋與志彥一樣，從初中隊時就是規士的好朋友。

規士在社團活動時膝蓋受傷之後，發生了貴代美也不知道的糾紛。

貴代美之前就隱約察覺到是學長導致規士受了傷。記得那個學長姓堀田……而且那個學長一看就不是好學生。規士在說明受傷狀況時，從他的語氣中，就可以知道當時的狀況多危險，社團的顧問老師親自上門探視，也顯示事情並不單純。當顧問老師向貴代美低頭道歉說「也怪我沒有充分注意」時，貴代美還覺得他很誠懇，勇於認錯，現在才知道，規士承受了無法用那一聲道歉就解決的委屈。

規士似乎向堀田報了仇。只是不知道是什麼時候的事，是他臉上出現瘀青的時候嗎？還是他買刀子的時候？還是更早之前，暑假的時候？

貴代美不知道這件事是真是假，之所以沒有鬧大，是因為只是小孩子之間吵架？還是雙方都有錯，所以堀田也無法把事情鬧大？無論如何，既然說當時參與的人就是和這起事件有關的那幾個人，就讓這件事有了真實的味道。

網路上的那些鄉民認為，參加報復的成員起了內訌，之後的事就只能靠想像了。也許說規士他們把堀田打傷只是傳聞而已，並沒有任何證據。然後倉橋與志彥等人想要公諸於世，其他人為了封口……會不會是這樣？

也許是因為貴代美平時經常接觸小說，所以才會思考動機的問題，現實生活中發生的事可能更離奇。

兒子想要向別人報仇，然後這些報仇的人內鬥，自相殘殺。要用推理的方式為這種像惡夢般的事找出理由這件事本身就很奇怪，然而，如果無法找出像樣的理由，她壓抑在內心的不安就會立刻抬頭。

鹽山在案發之後，似乎曾經打電話告訴朋友，因為殺了兩個人，所以只能逃亡。

自從發現被害人未必只有一個人這件事之後，貴代美的心情一直很沉重。

只不過即使只有兩個人棄車逃走，也無法斷定失蹤的三個人中有一個人是被害人。那個人也可能是加害人，但沒有坐上車，而是負責其他工作。而且即使可能性相當低，也無法完全排除和這起事件無關的可能性……直到前一刻，貴代美都這麼想。

然而，看了網路上的這些留言，徹底粉碎了她的一線希望。

鹽山說，殺了兩個人……這件事到底有多少可信度？

說這種討論串上的留言都是假消息當然很簡單，然而，如果這件事完全是空穴來風，貴代美無法理解那個人特地留言的理由。

貴代美衝動地關掉了討論區的視窗。

她捂著臉，嘆了一口氣。

她的嘆息無法消除籠罩在內心的烏雲。

13

隔天早上，一登躺在床上，聽到了送報員騎機車經過窗外的聲音。

他不知道自己昨晚到底有沒有睡著，只覺得腦袋好像麻痺，好幾個小時完全無法思考，眼瞼能明顯看出和上床前相同的疲倦。

一登藉由照在窗簾的光，知道外面的天色已亮，他揉著睜不開的眼睛，決定起床。

貴代美在隔壁床上翻了身，背對著一登。昨天晚上，一登去事務所看了網路上的討論區內容回家之後，就沒有和她說過一句話。因為只要一開口，就會是無謂的爭執。她似乎對一登的想法感到失望，但一登覺得她根本沒有面對嚴酷的現實。

他去盥洗室洗了臉，坐在客廳的沙發上。睡在地毯上的酷奇醒了，走了過來，一登摸了摸牠的頭。

真安靜的早晨……他啼笑皆非地這麼想著，起身準備去外面拿報紙。

他轉動玄關的門鎖，打開了門。雖然猜到這麼大清早，應該不會有記者，但看到門外沒有記者的身影，還是稍微鬆了一口氣。只不過他立刻發現腳下的赤土陶磚上沾到了奇怪的污垢，他停下了腳步。

有白色的東西散在地上，那似乎是蛋殼，然後他發現是雞蛋弄髒了赤土陶磚。他走到門外四處張望，並沒有看到人影。

似乎有人把雞蛋丟到玄關的門上，黏稠的蛋汁沿著門的表面流了下來。竟然有人用這種方式弄髒他心愛的房子。他忍不住火冒三丈。

昨天晚上，他從事務所回到客廳後，打開電視看新聞節目時，在戶澤事件的報導中，看到了自己回答記者問題的影片。在旁白說明被害少年的幾個朋友下落不明，目前警方正在積極尋找這幾名少年的下落，同時瞭解和這起事件的關係，然後就聽到自己說：「從昨天就無法聯絡到他，我們也很擔心」。

正如那個記者曾經保證的，鏡頭並沒有拍到一登的臉，但拍到了酷奇。雖然當時一登是因為想要逃離記者的發問，說話的語氣聽起來很敷衍，只不過不瞭解狀況的一般民眾看到這一幕，就會覺得很可能和事件有關的少年父親，完全沒有意識到事態的嚴重性，還悠閒地出門遛狗。

傍晚的新聞節目似乎也播了那段影片，網路的討論區中也有留言提到了這件事。討論區中有不少影射規士的留言，如果左鄰右舍中有人關心這起事件，可以輕易根據這些資訊找到這裡，這也造成了一登的不安。

一登回客廳拿了戶澤分局的刑警寺沼的名片和無線電話機，坐在玄關脫鞋處，打電話去戶澤分局。

〈你好，這裡是戶澤警察分局。〉

接電話的人顯然不是寺沼。

「你好，我姓石川，請問寺沼先生或是野田小姐在嗎？」

〈不，他們還沒有來。〉

一登不知如何是好，但最後決定向這個不知名的對象控訴。

「我是石川規士的爸爸，我剛才走出家門，看到有人用生雞蛋丟在我家玄關，門都弄髒了。」

〈喔……所以把這件事轉告寺沼就可以了嗎？〉

接電話的男人似乎無意理會一登，可能藉此表示警察不會為這種事出動。一登忍著想要咂嘴的衝動，回答說：「對，請你轉告他。」

掛上電話後，他看著報紙，等待寺沼回電，但等了超過三十分鐘，也沒有等到電話。雖然他覺得這麼大清早，也不能怪對方，但還是耐不住性子。因為他想趕快把玄關打掃乾淨。

之前打電話去警局問規士失蹤的事時，警察也不當一回事，所以即使為這種事向警方報案，他們也不會認真調查……一登這麼認定之後，決定開始打掃。他去事務所拿了數位相機，把受害的狀況拍了下來作為證據。然後用澆水的水管裝在院子的水龍頭上，開始沖洗玄關周圍。他沖洗了門之後，又打了蠟，整扇門煥然一新。

隨著漸漸將玄關周圍打掃乾淨，起伏的感情總算平靜了下來，但他的手並沒有停下來。平時一旦開始保養或是打掃家裡，就會做得很徹底。除了玄關通道，還用刷子清洗了院子裡鋪了赤土陶磚的地方，然後又沖洗了鐵製的門柱和信箱，打上蜜蠟，擦得亮晶晶。

這棟房子當初不只用心設計，所有的建材都經過精挑細選，以便在十年、二十年後仍然能夠作為樣品屋展示給客人。僅僅留下歷經歲月的風情，其他部分皆有定期保養，讓這棟房子始終如新。

雖然不知道是誰幹的，但他不允許有人像小混混一樣弄髒自己心愛的房子，要讓那些人不敢對這麼漂亮的房子丟雞蛋……一登這麼想著，專心地擦著裝在門柱上的名牌。

結束之後，他又在樹叢周圍拔草。他每個月會清理兩次，所以並沒有太多雜草，但有些小草冒出了芽，他都一根一根拔起來。

只要有人經過，一登就會抬起頭，用警戒的眼神觀察是不是又是想來破壞的人。當他開始打掃玄關一個小時左右，有一輛廂型車停在門口。

當他看到包括拿著攝影機的男人在內的幾個人走下車時，他開始收拾打掃的工具。

「早安，請問是石川規士的爸爸嗎？我們是第一電視台，可不可以請教你幾個問題？」

記者用鄰居也可以聽到的聲量問。

「我拒絕，這會造成我的困擾。」

記者不理會一登的回答，沿著通道走了進來，「我們不會拍到你的臉，只要回答兩三個問題就好。」

「請你不要隨便踏進別人家裡！」一登制止了他們，「你們的報導害我遭到了莫名其妙的惡作劇，造成很大的困擾。」

「如果你是說昨天接受的採訪，那不是我們電視台。如果你想說什麼，可以告訴我們。」

「我沒什麼好說的，只是希望你們別來打擾。」

「規士有和家裡聯絡嗎？」

攝影師已經把攝影機扛在肩上。

「沒有。」

「你會不會擔心他？」

記者目中無人的問題讓一登感到無奈，他轉身準備進屋，記者在身後問：「那請你回答一個問題，只要一個問題就好。請你對死去的倉橋與志彥說一句話。」

一登轉頭瞪著記者問：

「你為什麼要我對他說一句話？簡直就像認定我兒子是凶手，簡直就是在什麼狀況都不瞭解的情況下，就認定他是凶手。」

「不，我完全沒有這個意思，」記者面不改色地撇清，「只是因為規士在事件發生前後失去了消息，我相信你一定很擔心，所以想瞭解你對這起事件的看法。」

「既然這樣，就不應該像剛才那樣發問吧。我兒子也可能是被害人，你在問話時，有瞭解到這種可能性嗎？」

「請問具體是什麼情況？」

什麼叫具體是什麼情況……記者完全放棄思考，認為只要讓一登開口，就達到目的。一登對他的態度感到厭煩，再度轉身準備進屋。

「請你說說你認為你兒子是被害人的理由，你是不是掌握了什麼事實？」

一登無視記者的問題，走回家裡。

正在吃白飯配味噌湯和醃菜的早餐時，家裡的電話響了。貴代美接起電話，用一本正經的聲音說了聲「啊，早安」，然後一直用恭敬的語氣回答。

「是……是……就是這樣。他星期六晚上出門，昨天警察也來家裡，問了我們很多問題，我們也完全不知道到底是什麼狀況……對，好像是和初中時參加的足球俱樂部的隊友在一起，雖然我們很擔心是不是出了什麼狀況……真的很抱歉，驚擾大家了。對……這樣啊。我瞭解了，好……真的很抱歉。」

貴代美誠惶誠恐地說明著事件的狀況，一登很訝異她在和誰說話，聽到她掛上電話後，立刻問她：「是誰啊？」

「高中的教務主任。」貴代美回答，「警察和媒體也都打電話去學校，所以今天早上召開了緊急會議。」

雖然之前就料到會有這種情況，但沒想到一大早就聽到這種讓人心煩的事。

「他們知不知道什麼消息？」

「他們慌忙召開會議，然後打電話來問我們，不可能知道什麼。」

貴代美冷冷地回答，一登看著她的臉，忍不住想要數落她。

「雖然這不重要，但即使面對學校的人，說話也不必這麼唯唯諾諾。」

「啊？」

「妳的態度會讓別人覺得我們兒子是加害人，也會讓學校這麼懷疑。」

貴代美聽了一登的話，沒有吭氣，移開了視線，低頭吃早餐。

「請問是寺沼先生嗎？」

〈我是寺沼。〉

吃完早餐後，一登坐在沙發上，再度打電話去戶澤警局。這次是寺沼接電話。

「我是石川規士的爸爸。」

〈喔，石川先生……昨天辛苦你了。〉寺沼簡短地打了招呼後問：〈請問有什麼

事嗎？〉

「今天早上，我發現有人把生雞蛋丟在我家玄關的門上，我打電話去了警局，請問你有聽說了嗎？」

〈嗯，這樣啊……好像聯絡出了點問題。〉寺沼一副無所謂的態度回答，〈請問是怎樣的狀況？〉

「我一打開門，就看到門口有雞蛋，你們也沒有派人過來，所以我就打掃乾淨了。」

〈這樣啊……沒有造成太大的問題，那以後就小心點。〉

這當然是大問題，而且自己也沒辦法小心。一登對寺沼事不關己的態度感到難以接受，但又自嘲地想，也許想要仰賴警察這種想法就是一種錯誤，不知道該向誰發洩內心的怨氣。

「規士的事，之後有沒有什麼進展？」

一登調整心情，改變了話題。

〈目前還沒有可以向你們報告的事。〉

「你之前不是說，可以透過手機的微弱電波，瞭解他目前的位置嗎？這件事查得怎麼樣了？還沒有查到嗎？」

〈很抱歉，我無法將偵查狀況逐一向你報告。〉寺沼淡淡地回答。

「但這是把規士視為凶手的情況吧？你之前不是說，目前還不知道規士和這起事件到底是什麼關係。我當初只是因為兒子失蹤感到擔心這個單純的理由去向警方報案，而且也是你這麼建議我，我問你這件事是否有進展，不是理所當然的事嗎？」

一登用強烈的語氣說，寺沼在電話中的聲音顯得有點不知所措。

〈是沒錯啦……〉他發出像低吟般的嘆息後，又接著說道，〈那只說這件事，我們無法追蹤到微弱電波。〉

「無法追蹤到？」

〈對，〉寺沼說，〈雖然有多種可能性，但最有可能的就是換了SIM卡……一旦換了SIM卡，之前那個號碼的微弱電波就會消失。〉

「你是說，規士換了SIM卡嗎？」

〈目前並無法斷定，只是說有這種可能性。購買新的SIM卡，換到手機上，讓手機無法被追蹤是很常見的手法。〉

「雖然我不知道這在犯罪的世界是不是常用的手法，但規士只是普通的高中生。」

〈即使是普通的高中生，知道這種事也並不奇怪。〉

「你的意思是說，他用這種狡猾的方法逃亡嗎？所以你還是把他視為凶手。」

一登忍不住用諷刺的語氣說。

〈雖然我的原意並不是這樣，但我們在偵辦時，無法排除任何可能性。〉

他這句話顯然在說，規士很有可能是凶手。一登覺得他說話的語氣比昨天更冷淡。

一登想到一件事，於是問他：「那其他失蹤孩子的手機呢？」

〈這就恕我無法奉告了。〉

「其他人的手機也無法追蹤到微弱電波嗎？」

寺沼沒有回答。

如果其他逃亡少年的情況如此，警方當然會認為規士也是為了逃亡這麼做。

不……一登想到了另一種可能。

「倉橋的手機呢？」

〈恕我無可奉告。〉

「他的手機是不是也追蹤不到電波？無法只憑能不能追蹤到手機的電波，來分辨加害人和被害人吧？」

〈那當然。〉寺沼回答。

「寺沼先生，我覺得規士和倉橋一樣，都是被害人。」

〈這……我就不方便說什麼了。〉

「聽說另一個失蹤的少年打電話給朋友說殺了兩個人，請問警方知道這件事嗎？」

〈你從哪裡聽說的？〉

「我在網路上看到的。」

〈喔……原來是這樣。〉寺沼好像自言自語般地說，〈很抱歉，警方難以對這類傳聞發表意見。〉

「有兩個人棄車逃走，但有三個人下落不明，剩下的那個人應該和倉橋一樣是被害人。」

原本坐在餐桌旁聽一登打電話的貴代美站起身，走進臥室後，用力關上了門。

一登不理會她，繼續說道：

「我認為那個被害人就是規士，但是，不光是你們警察，連媒體和輿論都把規士當成了凶手。」

〈警方完全沒有這個意思。〉

「我不知道你們到底有沒有這個意思，但如果不把在偵查中瞭解的狀況公諸於世，輿論就開始製造出一些莫名其妙的傳聞，樹立攻擊的對象發洩內心的積鬱。如果不加以阻止，下次就不只是對我家丟雞蛋，我們不知道會受到什麼危害。」

〈所以希望你們可以充分注意，但請你瞭解，我們不方便對外公布在偵查過程中掌握的情況，同時，也希望你瞭解，我們在偵查過程中，會考慮到各種可能的情況。〉

「請你們趕快查明，規士並不是凶手。」

〈我們瞭解你的意見了，〉寺沼如此回答後說，〈雖然說順便問有點失禮，但我

可以請教你一個問題嗎？〉

「什麼問題？」

〈事件發生之前，你們是否曾經看過規士有小刀之類的東西，或是有沒有聽說他去哪裡張羅了刀子之類的事？〉

倉橋的屍體上有刀傷。一登立刻就知道他的問題和這件事有關。

一登沒收了規士的那把刀子，所以可以全盤否定這個問題，他正準備開口這麼回答。

但是，他又立刻想到，警察可能已經掌握了規士在哪家店購買雕刻刀的事實，所以還是據實以告，避免不必要的誤會。

「不瞞你說，十天之前，我曾經看過他有一把雕刻刀。我問他要做什麼用，規士沒有明確回答，所以我就沒收了。事情就是這樣。」

〈你沒收了嗎？……確定嗎？〉

「很確定，目前就保管在我事務所的工具箱內。」

一登語氣堅定地說，寺沼似乎也相信了，回答說：〈這樣啊。〉

「現在回想起來，他可能之前就察覺到有生命危險。」

一登突然陷入了感傷，忍不住這麼說。如果當時瞭解規士身處的狀況，現實或許會朝向不同的方向發展……雖然他這麼想，但又同時冷靜地覺得，無論多麼謹慎思考，自己真的有辦法瞭解嗎？雖然以前曾經對規士和小雅說，可以看到他們的未來，但可惜自己並不是超能力者。

〈我瞭解了。〉

寺沼的回答毫無感情，顯然完全沒有打動他。

秋田家的房子由高山建築負責施工，今天要在午休時舉辦上樑儀式。

上樑儀式是在施工階段中點舉行的慶典，時下的屋主經常會省略這個儀式，但秋田夫婦似乎覺得忽略這種儀式不太吉利，所以決定舉辦簡略化的儀式。

今天雖不是黃道吉日，卻是建築的吉日，秋田夫婦平時工作關係很忙碌，今天可以抽出時間。即使在建造過程中曾經經歷了變更設計的意外狀況，多虧現場工人為了能夠在這一天舉行上樑儀式日夜趕工。雖然在目前這種狀況下，一登有點意興闌珊，但他不可能不去參加。將近中午時，他走進臥室，換了襯衫和長褲。

他瞥了躺在床上的貴代美一眼，走出了臥室。他們之間沒有交談，一登知道她聽了自己打給警察的電話後很不高興，但他也無意安撫她的情緒。

他走去二樓，把頭探進小雅的房間問：

「妳補習班幾點上課？」

小雅雖然坐在書桌前，但並沒有攤開筆記寫功課，她露出茫然的表情轉頭看著一登說：

「一點……」

「雖然現在時間有點早，我送妳去補習班。爸爸要去外面吃午餐，看媽媽的樣子，可能不會做午餐。我會給妳錢，妳可以去車站前吃麥當勞。」

小雅不置可否地點頭，小聲嘀咕說：「怎麼辦呢？」

「什麼怎麼辦？妳不打算去補習班嗎？」

小雅沒有回答。

「既然已經報了名，還是去吧，一直悶在家裡也很無聊。」

小雅聽了一登的話，雖然愁容滿面，但還是點頭說：「好……」

一登等小雅準備就緒，一起走出了家門。

「啊，可以打擾一下嗎？」

和早上不同的記者和攝影師守在家門口，一看到他們父女，立刻走上前。剛才他們按了好幾次門鈴，一登都沒有理會他們。

「不好意思，我們在趕時間。」

「請問你們要去哪裡？」

「和你們沒關係，你們一直守在這裡，會造成鄰居的困擾，請不要這樣。」

「只要佔用你們兩三分鐘的時間就好，請回答我們幾個問題。」

「我沒時間。」一登不由分說地制止了對方，對站在玄關不敢走過來的小雅說：「趕快上車。」

「請你談一談目前下落不明的兒子的情況，只要一句話就好。」

一登無視記者的發問，讓小雅坐在後車座，就坐上了駕駛座。

「請你對被害人倉橋與志彥……」

一登發動了引擎，不顧電視台的人擠在前面，硬是把車子開了出去。

「好可怕……」

一登終於甩開媒體，輕輕嘆了一口氣時，聽到小雅在後車座嘀咕。

「妳還好嗎？」

小雅沒有回答一登的問題，反而好像在確認般地問他：「現在還不確定哥哥是凶手吧？」

「當然啊。」

「如果哥哥是凶手，會怎麼樣？會有更多媒體擠到我們家門口嗎？」

雖然不難猜到這種情況，但即使簡單承認，也只會造成她的不安，所以一登結巴起來。

「會不會影響我考高中？如果家人發生這種事，即使考上豐島女學院，可能也不會錄取。」

「傻瓜……怎麼會有這種事？」

「當然會啊，私立學校在這方面很嚴格。即使再怎麼用功讀書，只要有這種問題，就會被排除在錄取名單外。」

「妳想太多了，妳是妳，這件事和妳沒有關係。」

「別人才不會這麼想。」小雅因為情緒激動，越說越大聲，「一旦發生殺人事件，凶手的家人通常都必須搬家，甚至有人被逼得去自殺。什麼家人沒有關係，這種大道理根本行不通，我以後可能沒辦法找工作，連結婚都不行。」

「妳別去想這種無聊的事。」

「但是……」

「雖然我不願意去想規士是凶手，」一登說，「即使真的變成這樣，也是由我們父母負責，妳只要認為和妳無關就好。」

小雅沉默片刻，然後又小聲說：「希望他不是凶手……」

一登從後視鏡中看著小雅。

她刻意克制感情，露出冷漠的表情，但淚水在她眼眶中打轉。

「雖然我不敢在媽媽面前說這種話……但我希望哥哥不是凶手，如果是凶手就慘了。」

如果不是凶手，很可能是怎樣的情況……她在說話之前，應該瞭解這一點。

小雅的想法和自己一樣……一登心想。

然而，他並沒有因此感到欣慰。因為女兒說的這句話帶著殘酷的味道，他無法輕易回答說，自己也這麼想。

只不過他覺得不得不說出這種想法的女兒也很可憐。

他在車站前讓小雅下車後，前往位在新座的秋田家工地現場。

秋田家房子二樓的柱子已經搭建完畢，他到的時候，剛好在上樑。

站在高處的工人大聲吆喝著，微幅調整位置，把大樑安裝在屋頂上。秋田夫婦和孩子一起仰頭看著這一幕。

「總算搞定了。」

一登走過去對他們說，秋田夫婦笑著向他鞠了一躬。

「不好意思，我們改了又改。」秋田先生臉上的笑容變成了苦笑。

「不，如果做不到，我也不可能接受。」一登搖著手回答，「這次我覺得應該有辦法做到，所以下定決心改變設計之後，就覺得是正確的決定。」

「石川建築師，多虧了你。」秋田太太說完，再度深深鞠了一躬。

「不是我的功勞，現場的工人很辛苦，等一下致詞時，希望你可以慰問他們一下。」

「我知道。」秋田先生說，抬頭看著不久的將來，將成為自己住處的木屋結構，

「即使只有骨架，看到這樣慢慢完成，忍不住令人感動。」

「這種軸組工法的結構本身就很美，會讓人忍不住看得出了神，兩位不覺得嗎？」

「完全有同感。」秋田夫婦點頭，秋田先生繼續說道，「不僅很美，而且看起來很牢固。原本還有點擔心木造的房子遇到地震會有點危險，但看了結構之後就放心了。」

「房子的結構很重要，」一登說，「這棟房子很牢固，稍微搖晃幾下都不成問題，你們可以高枕無憂。」

「謝謝，當初討論時，你曾經說『房子是家庭形式的寫照』，雖然這次先有了房子，但我覺得我們一家人住進這棟房子後，會成為很團結的一家人。」

房子是家庭形式的寫照……這句話是一登的建築哲學，也是接受客製化住宅委託時，經常對客人說的話。

只不過秋田先生說的這句話，聽在一登的耳中，有一種諷刺的味道。他是在諷刺嗎？一登看著秋田先生，但秋田先生臉上的興奮表情很單純，他們似乎並沒有察覺籠罩一登家庭的烏雲。

「供品都準備齊全了嗎？」

一登改變了話題，看著放在他們身旁的好幾個紙袋。

「對，你要求的東西全都帶來了。」

「等一下我會幫忙一起準備。」

「麻煩你了。」

一登離開秋田夫婦，走向和現場監工站在一起看著上樑的高山建築老闆。

「辛苦了。」

高山老闆聽到一登的聲音，轉過頭向他輕輕點頭。

「你好。」

一登覺得他的態度格外冷漠，腳步也變得沉重起來。

「我們等一下再聊。」

高山老闆對他這麼說完後，繼續抬頭看著現場作業，似乎制止他繼續靠近。一登點頭。

他可能聽到了有關事件的消息……一登憑直覺這麼認為。

他走回秋田夫婦身邊的腳步不由得沉重起來。

順利上完樑後，一登和秋田先生一起去二樓擺了祭壇，把供品放在祭壇上，所有男人都聚集在一起，在工班的主持下，舉行了簡單的上樑儀式。向四個方位撒了鹽、米和酒之後，以連續鼓掌三次、三次、三次和一次的「一本締」方式結束了儀式，下樓之後，就是圍坐在一起吃便當的午餐會。

「託高山建築、現場的各位，和石川建築師的福，今天才能夠順利完成上樑儀式，我們全家都衷心期待這個夢想的家早日完成，也希望在現場辛苦工作的各位在工作時要注意安全，避免任何意外的發生。請繼續多多幫忙。」

秋田先生緊張地致完詞，坐在簡易桌子旁的列席者都為他鼓掌。

輪到一登致詞。

「今天能夠舉行這麼熱鬧的上樑儀式，我認為象徵了屋主秋田一家人對新房子的熱忱，親眼看到秋田一家人夢想中的房子漸漸落成，再度體會到從事這個工作的喜悅。雖然我知道接下來還會遇到讓現場的各位師傅一定覺得很頭痛的問題，不知道這個建築師為什麼要設計這麼複雜的房子，但反過來說，這也正是各位展現出色本領的地方。希望各位能夠大力幫忙，在漂亮的房子落成時，能夠再和各位一起分享這份喜悅。」

雖然他此刻的心情無法發出活力充沛的聲音，但還是努力像平時一樣致詞。說到一半時，現場的工人都輕輕發出了笑聲，在他致詞結束時，也像剛才一樣為他鼓掌。

但是，當他不經意地觀察時，發現高山建築的老闆並沒有看自己，分不清楚到底有沒有在聽，最後也沒有鼓掌。

高山老闆也簡單地致了詞，但只表示希望工人在作業時更細心，不要發生任何意外，說話的聲音不像平時那麼宏亮。

致詞完畢後，就是和樂融融的吃便當時間。有些工人喝著屋主請客的啤酒，但開車過來的一登婉拒了，高山老闆也沒有喝。

吃完便當時，高山老闆離開了桌子，坐在檜木台基上抽著菸。一登不時瞥向他，最後眼神交會，他向一登招了招手。

一登也站起身，走到高山老闆身旁。

「我聽花塚老闆說，你兒子和他外孫的事件有關？」

「花塚老闆說的嗎？」

高山輕輕點頭。

「因為凶手一直抓不到，而且因為是未成年的關係，所以警方也完全不告訴他們目前的狀況，結果他的親戚和女兒、女婿的朋友忍無可忍，四處打聽消息，最後發現你兒子的名字也在其中，而且聽說可信度相當高。」

「是嗎？」一登心情沉重地聽他說話。

「那天在電視上接受採訪的人，雖然沒有露臉，那是你吧？」

一登皺著眉頭，點頭。

「我兒子從星期六晚上就失蹤了，這件事的確是事實。警察有來家裡瞭解了情況，我也去警局報了失蹤人口。」

「你知道他和花塚老闆的外孫是朋友嗎？」

「我之前完全不知道，但後來聽說初中時，曾經參加同一個足球俱樂部。」

高山聽他這麼說，重重地嘆了一口氣，噴出大量紫煙。

「真傷腦筋……石川建築師，接下來該怎麼辦？」

一登聽了他語帶責備的嘆息聲，一時說不出話，但還是努力冷靜地回答：

「我當然覺得倉橋很可憐，更何況我也認識花塚老闆，當然更加感到痛心。但是……現在還不知道我兒子和這起事件是怎樣的關係。」

高山瞪了一登一眼，輕輕咂著嘴。

「你在說什麼？人都已經死了，已經無法挽回了，你倒是站在對方的立場想一想，和這起事件是怎樣的關係並不是重點，這種事不重要。」

「不，你誤會我的意思了，」一登說，「我想要說的並不是這個意思，而是目前並不知道我兒子到底是不是這起事件的加害人。」

「啊？」高山皺起眉頭看著一登。

「也許我兒子也是被害人……現在還不清楚是什麼狀況。」

高山將視線從一登身上移開，低吟了一聲，沉默片刻，然後輕輕搖了搖頭。

「石川建築師，我覺得你這種說法有點牽強。如果你兒子也是被害人，為什麼到現在還沒有被人發現？」

「我也完全不瞭解是什麼狀況，警方不肯向我透露任何消息。」

「很難，很難，」高山好像自言自語地說，「聽在別人耳裡，就像是你利用不瞭解狀況來作為眼下的遁辭。」

「但是，真的——」

高山打斷了一登的反駁，繼續說道：

「這些都是我聽說的，不知道是真是假，但我不能假裝不知道，所以就說給你聽。如果事實完全不是這麼一回事，我先向你道歉。你的兒子——是不是叫規士？——他的個性很倔強，在足球隊時，即使對學長也很不客氣，質問學長在亂踢，為什麼不把球傳給他？他的球踢得不錯，才會有這種態度，所以初中時代能夠在一軍大顯身手，但與志彥一直在二軍升不上去，他和規士並不是平起平坐的朋友，而是根本不敢反抗規士。

「但是，規士也無法加入俱樂部的高中足球隊。聽說他雖然球踢得不錯，只不過太以自我為中心，經常破壞團隊合作，才沒有讓他加入高中生隊。我不時會看國家代表隊的足球比賽，所以知道並不是球技好，就可以上場比賽。

「雖然他在高中參加了足球社團，但因為受傷的關係，無法再繼續踢足球。原本他對周圍的朋友說，以後想成為J聯盟的選手，可能為了這個原因感到悲觀失望。之後就開始墮落，帶著與志彥在外面鬼混。與志彥這個人脾氣太好，沒辦法拒絕這種邀約，結果就越玩越不像話，甚至在外面玩通宵，還做一些壞事，結果就為要不要退出起了糾紛，最後發生了最糟糕的情況……聽說就是這麼一回事。」

高山雖然說只是傳聞，卻露出好像把事實攤在眼前的眼神，觀察著一登的反應。

「我不知道這些傳聞有幾分真實性，」一登垂著雙眼說，「規士認真投入足球是事實，所以他可能真的想成為職業選手，他的這種熱忱可能會導致他言行有點狂妄，但我認為無論是好是壞，這都是因為他還是小孩子。他可能沒有務實地想過，即使以他的實力，就算難以進入J聯盟，也可以進入企業球隊踢幾年球，再透過學習，成為教練……說起來，他無法進入高中生隊，或是受了傷，當然有運氣的成分在內，但說起來就是一個人成長過程中所承受的現實洗禮，一般人遇到這種事就會清醒，想法也會更加務實。

「雖然他認為這是挫折是他的自由，但這也是成長的過程。我遲遲無法接受自己的兒子是無法克服這種挫折的人，以前投入足球的時間多出來了，變得無所事事，就和朋友一起去玩……這我能夠理解，但之後就發生了這次的事件，我覺得未免太突然了，我不認為他變得這麼自暴自棄，雖然我不知道他們做了什麼壞事，但我無法想像自己的兒子成為糾紛的中心，然後導致倉橋失去生命。」

高山一動也不動地聽著一登說話，但隨即微微偏著頭說：

「我當然能夠理解你不願意相信的心情，小孩子做的事通常不是我們用這種高深的理論思考所能理解的。」

「雖然說出來的話，聽起來像是理論，但其實並不是這麼一回事，而是我根據我兒子的性格，和自己的經驗，在這個基礎上的感覺。」

「你在工作上的理論建立在數據和根據的基礎上，所以我向來很尊重，但這些邏輯有點牽強。如果要說感覺，我也一樣啊。像我腦筋不靈光，對這個世界上的很多事都搞不懂，但我知道誰沒有錯，誰正在陷入痛苦。我的本能讓我會和這種人站在一起。

「石川建築師，我們也有十年左右的交情，但我和花塚老闆有三十多年的交情。這次的事，如果要我選邊站，我當然只能選擇花塚老闆，否則違反我做人的道理，也會在這個行業站不住腳。這些工人都對我的這種謀生之道看在眼裡，如果我的為人處事讓人看不起，那就完蛋了。

「所以，也許我以後無法再接你的案子了。至少花塚泥作不會再接你的案子了，和你往來的業者會越來越少，會對你的工作造成影響，但這也是無可奈何的事，我也會因為少了你的案子很傷腦筋，但也只能這樣。我說的傷腦筋是指這件事，所以我希望你也不要只是說無法相信，必須面對現實。我覺得應該趁現在還有辦法和你好好說話的時候，把這些話說清楚。」

一登聽高山說話時，覺得黑暗漸漸籠罩眼前。他最擔心這起事件會影響到自己的工作。

這五、六年來，幾乎都是由高山建築承包一登設計的木造軸組工法房屋，之前也曾經委託其他土木工程行，因為高山建築的手藝很好，而且也會忠實地完成一登的要求，所以很自然地都和高山建築合作。

一登設計的房子中，木造軸組工法和鋼筋水泥等其他工法的比例大約是七比三，一登自己很喜歡大量使用原木的木造軸組工法，也以此作為自己建築師的賣點。一旦無法再和高山建築合作，就等於失去了左右手。

小雅剛才說……一旦發生殺人事件，凶手的家人通常都必須搬家，甚至有人被逼得去自殺……

自己的工作還能夠繼續嗎？

目前並沒有確定規士是凶手，他是被害人的可能性更高。雖然一登在腦海中一次又一次這麼告訴自己，但巨大的不安還是持續擴散。

「與志彥的屍體會在今天送回花塚老闆的女兒家，所以明天就是守靈夜。他們的日子也很不好過，正身處在惡夢中。因為我聽他說了這些事，所以沒辦法站在你這一邊，你不要怪我。」

事情還沒有搞清楚，就被當成凶手。一登打算抵抗到最後。

然而，他現在知道，自己只是基於帶著主觀願望的觀測這麼做，所以根本無法說服像高山這樣的人。

一登無言以對。

14

一登走出家門後，門外吵吵鬧鬧了一陣子，但很快就安靜下來。貴代美漫無目的地走出臥室，坐在餐桌旁發呆了好一陣子。小雅要去上補習班，所以必須做午餐。雖然她這麼想，卻遲遲不想站起來，然後她發現二樓沒有動靜，這才想到她可能已經去補習班了。她的腦袋對現實只有這種程度的瞭解，除此以外，滿滿的不安在內心翻騰。

剛才聽到一登打電話去警局，說他認為規士是被害人後，心悸就很嚴重，無法繼續留在客廳。

他到底是基於怎樣的想法，會特地去對警察說這種事……貴代美完全無法理解。

這等於在說，規士已經遭到殺害了。

這等於在說，他希望事情這樣。

即使是謊言，她也不想聽這種話。說到底，他無法原諒自己的兒子是殺人凶手，所以才會說這種話。那只是為了逃避，因為不想負起責任，帶著主觀願望的觀測，自己當然無法苟同。

規士一定還活著……貴代美強迫自己這麼想，然後開始思考規士目前在做什麼。

警方還沒有找到他們的下落。雖然不知道目前警方的偵辦進度，但因為這起事件是未成年犯罪，就算警方的偵查已經有一定的眉目，也不會公布尚未確定的消息。

即使沒有被警方抓到，但還是忍不住為他的安全擔心，希望規士不要對現實感到悲觀而想不開。

一登今天好像出門去參加上樑儀式了。

雖然這是推不掉的工作，但在這種狀況下，還能夠若無其事地去參加慶祝活動，真是太羨慕他的神經大條了。貴代美諷刺地想，因為她完全無法工作。

她聽到門外傳來停車的聲音，立刻響起了按門鈴的聲音。昨天和今天，她已經對門鈴聲心生恐懼。又是媒體記者嗎？她打算假裝自己不在家，但還是看了液晶螢幕一眼，看到了住在春日部的姊姊出現在螢幕上。

她一定是因為擔心，所以才上門來探視自己。雖然即使她來了，也無法解決任何問題，但至少可以為自己壯膽。

她打開門鎖開了門，在看到聽美的臉之前，先發現了站在聽美身後的人影，忍不住大吃一驚。

「媽媽……」

母親扶美子點頭。

「聽說妳秋分掃墓時沒辦法來家裡，所以就想來看看妳。」

母親說完這句話，對貴代美露出難過的笑容，就像是帶著淡淡苦味的咖啡中，加了一小撮糖。

「妳出遠門沒問題嗎？」

「這哪算是出遠門，而且我一直坐在車上。」

母親笑著說，貴代美看到母親的氣色不錯，對這件事感到安心。

「雖然妳叫我不要告訴媽媽，但我們住在一個屋簷下，怎麼可能瞞得住？」

母親似乎已經瞭解了狀況。貴代美忍不住露出憤恨的眼神看向一派輕鬆的聰美，但也無法責備她，只是對她們說了聲「進來吧」，把她們請進了屋。

「一登今天有推不掉的工作……小雅也去了補習班。」

貴代美說明了丈夫和女兒不在家的原因，母親只是說了聲「這樣啊」，就把包裹放在餐桌上。

「貴代美，妳有沒有吃午餐？」

「還沒。」

「是嗎？太好了。」母親說著，打開了包裹，「我猜到了，所以在家裡做好了帶過來。」

貴代美看到用鋁箔紙包起的飯糰，突然感到很懷念。沒錯，這就是媽媽的便當……這個記憶迅速溫暖了她冰冷的內心。

三層便當盒內裝了滿滿的菜餚，可能也準備了一登和小雅的份。

「這些都是用自然食品做的，很好吃喔。越是這種時候，就越要吃飽肚子，因為一旦沒有體力，心情上就已經先輸了。」

「謝謝……那我來倒茶。」

母親的溫柔讓她眼眶發熱，所以走去廚房，想要暫時逃開。聰美制止了她，「不用了，妳趕快吃吧。」貴代美洗了手，又被推回了餐桌旁。

「這是酸梅飯糰，這裡面包的是鮭魚肉。芋頭滷得很入味，金平蓮藕絲也很好吃，妳多吃點。」

「謝謝……妳們呢？」

「我們當然也要吃啊。」聰美在泡茶時說，「妳可不要一個人都吃光了。」

「我怎麼可能吃得完？」貴代美輕輕笑著回答，拿起了筷子，「那我就開動了。」

雖然完全沒有食慾，但芋頭和蓮藕放進嘴裡後，豐富的滋味在嘴裡擴散，讓她情不自禁咀嚼起來，然後輕鬆地通過了原本覺得哽住的喉嚨。

說要一起吃的母親把便當盒放在貴代美面前，看著她吃飯。雖然在母親的注視下吃飯很不自在，但她仍然一口接著一口。

忘了是什麼時候……

她突然想起小時候也曾經有一次流著淚，吃著媽媽做的菜。

是小學二、三年級的時候……遙遠的往事。

她還記得當時為什麼會哭。

那天她去同學家，那個同學說她身上有錢，說要一起去買東西。那時候，貴代美的零用錢只有一百圓，那個同學拿出一張一千圓紙鈔。貴代美雖然很驚訝，但跟著她一起去，買了零食和玩具，然後又去她家玩。

不久之後，那個同學的媽媽回家了，看到那些零食和玩具，問她們怎麼有錢買那麼多東西。原來那個同學手上的一千圓不是她的零用錢，而是偷了她家裡人放在客廳的錢。

那個同學的媽媽把同學罵了一頓，當她得知其中有貴代美想要而買的玩具時，也把貴代美痛罵了一頓，而且還跟著貴代美回家，向母親告狀說，那兩個孩子做了什麼壞事。母親向她道歉後，賠償了一半的錢，解決了這件事。

現在回想起來，雙方的母親也許都有教育的意圖，只不過貴代美看到自己的母親向別人低頭感到很不捨。她知道自己家境並不富裕，造成家裡很大的損失讓她很難過。正因為家境不富裕，所以想要用別人的錢。她對自己的膚淺感到生氣。

同學媽媽離開後，貴代美的母親開始準備晚餐。母親隻字未提錢的事，只對她說，飯已經做好了，叫她趕快吃飯。貴代美吃了零食，所以沒有食慾，但吃進嘴裡的飯冒著熱氣，咀嚼後吞下肚時，溫暖似乎也滲進了心肺。

貴代美內心的懊惱和窩囊情緒一股腦地湧上心頭，她哭著吃晚餐。

當時的記憶瞬間甦醒，在腦海中發出殘光，然後在轉眼之間消失了。

如今，坐在眼前的是滿頭白髮，滿臉皺紋，臉頰也凹下去的年邁母親。

但是，貴代美和當年一樣快哭出來了。

她就像是難以管教的孩子般泣不成聲。

「貴代美，」母親牽起貴代美的手撫摸著，「妳受苦了，真可憐……妳真的受苦了。」

「我不知道該怎麼辦。」貴代美嗚咽著說，「規士可能是凶手……如果他不是凶手，可能已經被人殺了……有各種不同的聲音，我心裡亂成一團。」

貴代美抓著母親的手，語帶嗚咽地說出了內心的痛苦。

「雖然一登說規士不是凶手，他沒有把規士教成這樣的人……我希望他活著，我只是希望他活著……我的心快崩潰了。」

「看來妳忍了很久……這也不能怪妳。」

聰美帶著哭腔說，似乎也跟著哭了起來，然後用手帕為貴代美擦著滿是淚水的臉。

「貴代美，妳不用擔心，」母親說道，然後連續點了好幾次頭，「小規一定還活著。你們把他培養得這麼出色，他不可能就這樣輕易死掉，不用擔心。」

「我也這麼覺得……」

「因為事情發生得太突然，一登還沒有做好充分的心理準備，才會說這種話。妳趕快把眼淚擦乾，已經哭夠了吧？」

貴代美聽了母親的話，向聰美借了手帕，擦拭著臉上的淚水，然後拿了面紙，擤了鼻涕。

雖然眼淚繼續流了下來，但她的心情已經平靜多了。母親看了之後點點頭，再度握住了她的手。

「貴代美，目前最重要的就是心理準備。只要有充分的心理準備，無論發生任何事都不必害怕，所以，妳要面對和之前不一樣的人生。妳要把頭壓得很低，要屏息斂氣，不要讓風吹到自己身上，把理所當然的東西都讓給別人，只要好好活下去。媽媽一直希望妳住在漂亮的房子，吃美食，和家人一起過著歡笑不斷的幸福生活，但妳已經過夠了這種生活，可以試試不同的生活。即使不住在這麼漂亮的房子也沒關係，感受不到幸福也沒關係，因為保護真正不能失去的東西更重要。要每天為那個死去的孩子祈禱，扛起身為父母的責任。只要妳這麼做，小規絕對可以重新站起來。只要妳為他扛起一切，小規立刻能夠重新做人，所以，妳要做好捨棄小我，保護小規的心理準備……知道了嗎？」

貴代美聽著母親的話，再度淚流滿面，一次又一次點頭。

得到母親諒解的想法，沖走了盤踞在她內心的各種不安。自己是母親懷胎十月生下來的孩子，母親每天為自己煮飯、洗澡，生病時就一直陪在一旁，告訴自己人生的基礎，悉心養育自己長大，即使未來自己遭遇不幸，母親也會原諒自己。即使未來的生活窮困潦倒、艱難困苦，母親也會諒解。

既然這樣，自己就無所畏懼。無論規士做了什麼，自己都不可能不原諒他。

「媽媽，對不起，妳身體不好，還整天為我擔心……但是，妳的話帶給我很大的勇氣。我有力量支持規士了，媽媽，謝謝妳……」

母親聽了貴代美說的話，眼角泛著淚光，用力握住了貴代美的手點頭，似乎想要帶給她更多勇氣。

15

一登回到家中，看到車庫停了一輛輕型車。他很納悶是誰的車子，但看到春日部的車牌，想起是大姨的車子。她似乎對事件感到擔心，所以來家裡關心。

他把車子停在輕型車旁邊，走進家裡。看到除了貴代美，聰美和岳母也在客廳。貴代美和岳母面對面跪坐在沙發前，低頭接受岳母為她淨靈。那是岳母信仰的宗教所使用的祈禱方式，據說只要舉手祈禱，就可以療癒疾病和受傷。

一登之前去春日部的岳母家時提到自己肩膀痠痛很嚴重，岳母曾經為他用這種方式祈禱。因為一登認為無害，就順從地接受了，但貴代美似乎不喜歡怪力亂神，大剌剌地對一登說，岳母信奉的宗教是利用生病的人內心脆弱做生意賺錢。雖然當時岳母也建議貴代美一起接受淨靈，但貴代美委婉地拒絕了。

沒想到她現在順從地低頭接受岳母為她淨靈……眼前的景象讓一登愣了一下，但努力面不改色地向岳母和聰美打招呼：「午安。」

岳母只是向他點頭，繼續面對著貴代美。

「你回來了。要不要幫你倒茶？還是想喝咖啡？」

聰美問，一登要了咖啡。

「沒想到出了這麼大的事，你又不能不工作……有沒有好好睡覺？」

「對，有啊……只是不太充足。」

一登坐在餐桌旁，聰美把咖啡放在他面前後，也坐了下來。她似乎為配合房間內的安靜，壓低了聲音說話。

「貴代美壓力很大，這種時候，夫妻要齊心協力。」

「是啊。」一登輕輕點頭。

「雖然我知道你會感到很不安，但目前最重要的就是祈禱小規平安無事。生命是萬事之本，只要活著，其他事都好解決，之後再來思考該怎麼辦就好。」

一登聽了聰美這番話，大致猜到了貴代美對她們說了什麼。

「身為父母，只能扛起所有的責任。只要做好這種心理準備，就可以毫不猶豫地祈禱小規平安。」

「事情並不是妳想的這樣。」

之前和聰美說話時，一登從來不曾反駁或是辯駁。即使她說的意見和自己的想法相反，他認為只要聽聽就算了，爭得面紅耳赤只會影響彼此的關係，有百害而無一利。

但是，在這件事上，他無法對她的意見表示沉默。

「如果無論怎麼看，規士都是凶手之一，我當然會做好心理準備，也會負起身為父親的責任，但問題是目前並不是這種狀況，相反地，他是被害人的可能性更高。」

「但是，這件事也沒有確定吧？既然這樣，不需要現在就往這方面想……對不對？」

「你不是因為可能性比較高，而是因為這樣對你比較有利，所以才這麼想。」

正在靜靜地接受岳母淨靈的貴代美突然冷冷地說道。

「我相信兒子無罪是這麼糟的事嗎？」一登努力克制自己的感情反駁。

「你最重視的是面子。」

「貴代美。」聰美勸著她，「我想應該不會有這種事。」

「雖然妳說我重視面子，妳在說這句話之前，知道加害人的家屬會受到怎樣的對待嗎？」一登問，「今天早上，有人向我們玄關丟雞蛋。一旦知道規士是凶手，搞不好小雅也會遭到危害，這並非只是負不負起責任的問題。而且被害人是花塚泥作老闆的外孫，我剛才見到高山建築的老闆，他明確告訴我，如果我們家的兒子是凶手，以後在工作上就無法繼續合作了。一旦高山建築退出，其他業者也不會再和我合作。到時候各種傳聞不脛而走，連客戶都不再上門了。妳在說這句話之前，瞭解所有這些情況嗎？」

「我當然瞭解。」貴代美反駁道，似乎認為這根本不是問題，「如果到時候要賠償，就必須賣掉這棟房子，也要搬去其他地方，一切從頭開始，這不是理所當然的事嗎？」

「妳、妳不要說得這麼輕鬆……」

放棄從自立門戶至今二十年來累積的資歷，放棄堪稱為作品代表的這棟房子，一切從頭開始。他無法理解貴代美說這種話是在想什麼。

「妳知道一切從頭開始是怎麼回事嗎？」

「只要能夠填飽肚子就好，只要能夠吃飽，就沒問題。」

「如果接不到案子，連吃飯都有問題。」

「我也在工作，吃飯不是問題。」

「莫名其妙。」

一登真的覺得很莫名其妙，但同時也覺得某些部分的想法很冷靜，所以他不滿地表達意見時並沒有氣勢洶洶。

解讀貴代美剛才說的話，她覺得只要她賺錢，就可以養這個家，而且真的只要有可以吃飯的錢就夠了。她似乎已經做好了這樣的心理準備。

一旦她做好了這樣的心理準備，一登的經濟能力和累積多年的資歷都不再有任何意義。貴代美等於在告訴他，他的一切就只有這種程度的價值。

漸漸崩潰。

事件的真相尚不明確，目前還不知道規士到底是被害人還是加害人，但日常生活漸漸崩潰的巨大鳴聲已經無法忽視。

岳母完成了淨靈，合起雙手行了一禮，然後緩緩站起身，走到一登身旁。她彎下眼尾笑了笑，在一登旁邊坐了下來。

「一登，我完全瞭解你想要表達的意思，」岳母說，「任何人都不希望自己的孩子犯下這麼可怕的事件。父母都會覺得，孩子做什麼都沒有關係，但絕對不可以做會造成他人困擾的事。

「但是，即使你們兩個人為這種事針鋒相對也無濟於事，或許有這種可能性，或許需要為這樣的可能性做好心理準備，最重要的是你們要相互體諒。即使現在有不同的想法也沒有關係，因為你們愛孩子的心都一樣，當真相大白時，做好這種心理準備的人可以成為全家人的支柱，所以即使現在有不同的想法，也不必針鋒相對。」

一登嘆著氣，讓自己保持平靜。

「我知道……是貴代美故意跟我抬槓。」

「我只是不希望你輕易認為規士是被害人，」貴代美說話的聲音仍然咄咄逼人，「如果他是被害人，那當初沒收他刀子的你和我，也要為他遭遇這種事負起責任。」

「為什麼又扯到那件事？」

「難道我說錯了嗎？如果規士身上有武器，也許就可以和對方對抗，對方也會心生畏懼，搞不好就不會發生這起事件。」

「這只是結果論。說什麼發現小孩子沒有任何理由帶刀子在身上，不加以管教才是正確的做法，任何人都無法理解這種事。」

「不管是無法理解還是結果論，都無法改變這是把他逼向絕路的原因之一這個事實。」

雖然她說的理由並不正確，但這番話深深刺痛了一登的心。一定是因為一登內心對沒收規士刀子這件事也有一些疙瘩。沒收了規士的刀子這個事實，成為他相信規士不是加害人的重要根據。然而，當規士成為被害人時，這件事日後將會成為一登和貴代美悔恨的種子。

然而，這只是徹底的結果論。正因為自己目前很脆弱，貴代美才會用這種自虐的想法來攻擊自己，無法讓自己相信規士就是加害人。

「反過來說，妳害怕會發生這種事，所以不願相信規士是被害人，但這只是逃避。」

「才不是這樣，我只希望他平安無事。」

她瞪著一登說。她濕潤的雙眼有一種帶著悲壯感的奇妙力量，讓一登忍不住想要移開視線。

貴代美平時並不是會用攻擊性的方式表達自己意見和感情的人，即使家中發生糾紛，或是有人表達很情緒化的主張，她總是扮演聽眾的角色。

一登覺得她昨天和自己唱反調，是她精神上已經走投無路，才會做出的行為，算是一種悲痛的吶喊。

但是，現在的狀況和昨天不一樣。她的意志堅定，她內心已經萌生了聽美剛才所說的「心理準備」……她的眼神讓一登意識到這件事。

門鈴聲再度響起，一登和貴代美都無動於衷，聽美起身接起了對講機。

〈我們是京城電視台，可不可以請教幾個問題？〉

又是媒體。一登搖了搖頭，聽美雖然回答「不太方便」，但對方仍然用各種不同的方式試圖說服她。不知道聽美是否覺得直接出去趕人比較快，她掛上對講機，走了出去。

雖然室內的空氣很沉重，但門外立刻騷動起來。玄關的門又打開了，然後又立刻關上。聽美走出客廳後不久，小雅就走了進來。

一看牆上的時鐘，才三點剛過。小雅今天比平時早回來。

「小雅，妳好。」

岳母向她打招呼，小雅臉上的表情很僵硬。

「今天怎麼那麼早？」

一登問，小雅垂著嘴角回答說：

「我上課到一半就回來了。」

「發生什麼事了嗎？」

小雅沒有立刻回答，她停頓片刻，似乎在思考要說出多少內心的鬱悶後，再度開了口。

「因為有人在我面前說那起事件。」

「說什麼？」

「有人問我『那是不是妳哥？現在還在逃亡嗎？』……還說『如果家人是罪犯，豐島女學院就不會錄取』。」

「誰說這種話？」

「一個姓西中的女生，我和她的關係並不好，但她也想考豐島女學院，所以就把我當成假想敵。我早就猜到如果有人會說什麼，就一定是她。」

即使在小孩子的世界，也有人不懷好意地說三道四。這種人憑本能知道，可以藉此讓自己佔上風。

「我原本就想好，只要有人說三道四，我就乾脆回家。結果她果然說了，所以我就回來了。」

想像小雅在補習班時，坐在教室裡心情緊張的樣子，一登不由得感到心痛。

「果然是這樣……」小雅不安地垂下眉毛，輕聲地嘀咕，「家裡有人出這種事，就無法錄取。」

「太荒唐了，」一登斷然否認，「兩者根本沒有關係。」

「但是聽說豐島女學院在各方面都很嚴格。」

「有什麼關係，」貴代美爽快地說，「如果會因為這種原因不錄取的學校，妳也不必去讀。」

「當然有關係。」

小雅嘟著嘴說，貴代美輕輕搖著頭說：

「想要讀書，任何地方都可以，沒必要非讀豐島女學院不可，而且有那種神經大條的同學在那裡，妳也不會讀得開心。」

「她的成績不太好，八成考不上。」小雅沒有正面回答。

「妳也一樣啊，」貴代美又補充說，「在煩惱能不能考上這個問題之前，現在連能不能考都不知道。」

「啊？」

「我的意思是，妳要做好各種心理準備，應付各種情況。」

小雅一時說不出話，然後用沙啞的聲音問：「我不能考豐島女學院了嗎？」

小雅是因為不安這麼問，只要委婉地否認就好，但貴代美不發一語，似乎表示這就是她的回答。

「是不是嘛？」小雅的淚水在眼眶中打轉，「回答我啊！」

「小雅，妳先坐下。」岳母心平氣和地插嘴說，「外婆買了金鍔餅，現在去拿給妳吃，妳不是喜歡吃金鍔餅嗎？」

岳母硬是讓小雅坐了下來，然後在餐桌上打開那盒點心。聰美走回客廳時看到了，立刻說：「那我來泡茶。」客廳內緊張的氣氛有了片刻的緩和。

但是，貴代美似乎拒絕這種緩和，她站起來，自言自語說：「我得要工作了。」把原本放在櫃子上的校對稿攤在茶几上。

不需要在這種時候突然開始工作。一登很傻眼地看著她，但她顯然也無法保持平常心，才會有這種舉動。

小雅茫然地吃著岳母拿給她的金鍔餅，但顯然心不在焉。酷奇跑到她的腳下找她玩，但她沒有看酷奇一眼。

「不考豐島女學院，換其他學校可以嗎？」小雅放下吃到一半的金鍔餅，看著在沙發前開始校對的貴代美問：「考仁德可以嗎？」

貴代美沒有回答。

「小雅，妳很優秀，」聰美說道，似乎想要緩和氣氛，「有很多學校可以選，太了不起了。」

小雅沒有理會聰美，目不轉睛地看著貴代美繼續說：「還是不能讀東京的學校？不能讀私立高中？」

「不必擔心。」

一登對小雅說，但無法消除小雅的不安。因為以前學校方面的事都完全交給貴代美處理，所以小雅也知道升學問題的決定權掌握在誰手上。

「媽媽，妳說話啊。」

小雅起身，走到貴代美面前說。

「先別說這些了，吃完金鍔餅，先帶酷奇去散步。」貴代美這麼回答她。

「啊喲……什麼意思嘛。」小雅聽到貴代美顧左右而言他，輕輕跺著腳，最後生氣地哼了一聲說：「我不要，外面有很多記者。」

「有很多記者又怎麼樣？」貴代美用沒有感情的聲音反問。

「不用了，我去就好。」

貴代美沒有理會一登的話。

「如果爸爸去遛狗，別人可能會覺得身處這起事件的漩渦中，竟然還有心情遛狗，所以我才叫妳去。酷奇也很想去散步，如果妳不帶牠去，牠就得忍著不能大便，不是很可憐嗎？」

酷奇聽到「散步」這兩個字，立刻興奮起來。

「萬一記者包圍我怎麼辦？」小雅推托道，她完全不想去。

「剛才的記者已經離開了，」聰美插嘴說，「如果你們不介意，我可以帶酷奇去散步。」

「讓小雅帶牠去。」貴代美堅持自己的意見，「趁天還亮的時候去，不會有任何危險，趕快去吧。」

「如果我帶酷奇去散步，那妳可以答應讓我考豐島女學院嗎？」

小雅的這句話並沒有問題，只是小孩子會提出的條件交換，但貴代美重重地把自動鉛筆放在茶几上，大聲嘆息的聲音連一登也聽到了。

「小雅……妳要不懂事到什麼時候？」

小雅在貴代美冷漠的眼神注視下，愣在原地動彈不得。

「妳以為只要付出，就一定會有回報嗎？」

「但是——」

「這個世界上，並不是想要的東西都可以得到。妳說想要那個房間，就可以要那個房間；說想要養狗，大人就會買給妳；妳說要長笛，大人就會買給妳；妳說要讀補習班，大人就讓妳去讀……這種事不可能一直持續，即使想要滿足妳的願望，大人也可能無法做到。」

「為什麼？」

小雅的聲音幾乎帶著哭腔。她的肩膀顫抖，喉嚨發出了無法克制的嗚咽。

「我為什麼要淪為哥哥的犧牲品？」

「不要去想自己是犧牲品這種事。」貴代美說。

「難道不是嗎……又和我沒有關係。」

「我們是一家人，怎麼會沒關係？」

「爸爸說和我沒關係。」

「爸爸把妳當小孩子，所以才會這麼說。媽媽要說的是，以後這種想法行不通了。」

「夠了！」一登無法不插嘴制止，「為什麼要讓小雅承受這些？」

「這就是把她當成小孩子。」貴代美將矛頭指向一登，「既然全家人都要考慮未來的生活，當然也必須讓小雅認清現實。」

「目前根本不瞭解任何現實，現在就超前部署去想這些也無濟於事。」

「哥哥也可能不是凶手啊！」小雅哭著說，「他也可能被人殺了啊。」

「閉嘴！」貴代美一下子壓低了聲音，「沒想到妳竟然這麼希望。」

「不是我希望！」小雅說，「這是事實啊。」

「我叫妳閉嘴。」

「為什麼要罵我？」小雅並沒有閉嘴，「妳總是偏心哥哥，所以才會這麼說。」

「妳在說什麼？」

「從小到大都是這樣。」

「我什麼時候偏心哥哥？」貴代美挺直身體，瞪著小雅，「妳倒是說說看……媽媽什麼時候偏心哥哥？」

「反正我就是知道。」小雅說了這個不是理由的理由哭了起來。

貴代美質問小雅自己什麼時候偏心規士的臉上，充滿了身為母親的自尊。

沒錯，貴代美至今為止，並沒有對規士偏心而丟著小雅不管，小雅從小就需要花更多心思照顧，貴代美回憶以前時，經常懊惱地說，當時都沒怎麼抱規士。

但是，小孩子的感覺很敏銳，既然小雅有這種感覺，顯然有讓她產生這種感覺的理由。這麼一想，就不難理解貴代美目前的態度。

一登當然並不會因此指責貴代美。他知道父母和孩子之間也有合不合得來的問題，同時也知道即使合不來，父母對孩子仍然有不可動搖的愛。

只不過他認為現在很難讓小雅瞭解這件事。

「小雅，沒有這回事。」岳母在垂頭喪氣地哭泣的小雅背後說，「媽媽現在只是很擔心小規，擔心得不得了。所以，不要比較，妳要體諒媽媽。」

不知道岳母的話是否奏了效，小雅沒有吭氣，低頭啜泣著，直接上樓。

16

「貴代美，那我們差不多該回家了。」

聽到聰美的聲音，低頭工作的貴代美猛然回過神。

一看時鐘，已經六點多了，蕾絲窗簾外的天色已經完全暗了下來。

「晚餐都做好了，可以直接拿出來吃。」

最後，還是由聰美帶酷奇去散步，而且她還幫忙買了菜回來，和母親一起在廚房為他們準備晚餐。

「我們出門前，就已經做好了晚餐。」母親在收拾東西準備回家時說，「回家之後，只要熱一下就可以吃，所以我們差不多該走了。」

「啊……」

貴代美露出生氣的表情後，嘆了一口氣，向母親道謝：「謝謝。」

「小雅，外婆和阿姨要回家了！」

貴代美對著二樓叫了一聲，但關在自己房間的小雅沒有反應。

「不知道小雅會不會吃？要不要裝在盤子裡，送去她房間？」

聰美手上拿著托盤，不知道該怎麼辦。

「她想吃就會下樓，不用管她。」

聽美聽貴代美這麼說，就把托盤放在桌子上。

「好，那接下來就交給妳了。」

「嗯，謝謝……真的幫了大忙了。」

「一登，我們走了，隨時可以吃晚餐了。」

聽美走出玄關後，去向躲在事務所的一登打了招呼，一登也走出事務所。

「雖然很辛苦，但你們夫妻要齊心協力，度過這個難關。」

母親臨別時這麼對一登說，一登順從地回答說：「我知道了。」

「媽媽，謝謝妳們。」

貴代美目送著她們坐上車離去，當母親和姊姊離開後，她突然有點不安。

但是，不能一直依賴她們。

她回到屋內，和一登一起吃了簡單的晚餐。小雅沒有下樓來吃飯，母親和姊姊做的一大堆菜餚還剩很多，包上保鮮膜後，放進了冰箱。一登打開電視，掩飾夫妻兩人相對無言的現實。他走去沙發坐了下來，貴代美把原本放在茶几上的校對稿拿到了餐桌，決定繼續工作。

一登拿起遙控器轉台，尋找在報導戶澤事件的新聞節目。貴代美原本想立刻切換到工作模式，但聽到電視上傳來熟悉的聲音，忍不住看向電視。

〈不好意思，驚擾各位了。雖然家裡的人應該出來說點什麼，但現在受到的打擊太大了，所以沒辦法給大家一個交代。〉

是聰美的聲音。雖然鏡頭沒有拍到她的臉和身體，但拍到了發福的輪廓穿著今天聰美身上那件花卉圖案的洋裝，而且也可以看出就在這棟房子的玄關。

螢幕上打著「失蹤少年的親戚」的字幕。

〈總之，不知道該對被害人本人和他的家屬說什麼，但內心真的很痛苦，也不希望有更多被害人，現在只能祈禱趕快能夠找到他。〉

聰美鞠著躬，低姿態地接受記者的採訪。

貴代美清楚聽到了一登咂嘴的聲音。

「這簡直就像是在對別人說，我們的兒子是凶手。」

一登故意用貴代美也可以聽到的聲音自言自語。

貴代美沒有吭氣。

她將注意力集中在工作上。

一定要準時交稿。

如果規士成為這起事件的凶手遭到逮捕，一登的工作立刻就會出問題。花塚泥作和高山建築都不會再接一登的案子，到時候會一籌莫展。如果還有賠償的問題，就必須賣掉這棟房子。即使沒有到這種程度，為了逃避左鄰右舍冷漠的眼神，就必須做好搬家的心理準備。一登的工作在新的地方是否能夠步上軌道還是一個未知數。

未來的日子裡，自己在經濟上必須支撐起這個家……

無論住在哪裡，都可以繼續做校對的工作，家庭的狀況應該不至於影響接案。雖然無法再過以前那樣寬裕的生活，但餬口應該不成問題。只要說服小雅放棄讀私立學校，去郊區租樸素的房子，節衣縮食地過日子就好。

為此，就必須順利完成眼前這份工作。只要準時交稿，校對品質沒問題，就不會失去在這份工作建立的信用。

一登看完新聞去洗了澡，洗完澡後，無所事事地在事務所、客廳和臥室之間走來走去。

深夜時，小雅走出自己的房間，貴代美對她說「妳要吃多少，就自己熱一下」時，她沒有吭聲，但拿了冰箱裡的菜加熱後，坐在沙發前開始吃，吃完後什麼話也沒說，就又回去房間了。

家裡的電話響了幾次，除了聰美打電話來說「已經到家了」以外，她都按了答錄機，沒有接電話。其他電話都是媒體打來的。

原本做好了今晚熬夜工作的準備，但吃完晚餐後專心工作了三個小時左右，脖子和肩膀都很僵硬，感覺胸口有點悶。她轉動肩膀，打算泡完澡，放鬆一下身體後繼續工作，這時手機響了。

液晶螢幕上顯示了內藤的名字。上次接受採訪時，曾經留電話給他。

貴代美並不認為那個自由記者會和自己站在同一陣線，他只是四處打聽事件的相關消息，寫一些滿足民眾好奇心報導的記者之一，就只是這樣而已。照理說，應該和對待其他媒體的記者一樣，和他保持距離。

然而，貴代美整天足不出戶，沒有任何關於這起事件的消息來源。電視和報紙所報導的內容有限，網路上的消息虛虛實實，不知道該相信多少。警察什麼都不願透露，如果把上門採訪的所有媒體記者都拒之門外，就無法瞭解自己想要知道的消息。

昨天因為接受了內藤的採訪，於是就在他問電話時，留了手機號碼給他。

貴代美接起了電話。

〈不好意思，這麼晚打擾，請問是石川規士的媽媽嗎？〉

「對。」

〈我是記者內藤，昨天謝謝妳接受採訪。〉

「謝謝。」

貴代美簡單回應後，等待對方的下文。

〈今天電視的新聞中有一段失蹤少年家的親戚接受採訪的影片，那是你們家的人吧？〉

「那是我姊姊。」

〈聽她說話的語氣，好像已經認定規士是凶手之一，應該並不是警方告訴你們偵查的情況吧？〉

「不，並不是這樣，警方完全沒有透露任何消息給我們。」

〈我就知道。〉內藤說話的語氣似乎鬆了一口氣，〈因為我的情報網也沒有接收到這方面的消息，雖然我猜想應該不可能，但看到其他媒體的記者都很緊張，所以我也有點在意。〉

原來剛才電話響不停是那些緊張的記者打來的。

姑且不談這件事，貴代美聽到內藤說，他的情報網沒有接收到規士是加害人的消息，內心有點無法平靜。

「你查到哪些消息？」貴代美問。

〈我去不少地方打聽，但收穫很少。〉內藤不願正面回答。

「目前已經大致瞭解誰是加害人了嗎？」

〈啊呀啊呀，我不知道警方調查的情況，我們這些記者還茫無頭緒，所以看到新聞中的影片，不知道是什麼狀況，大家都緊張起來。〉

「你應該知道誰是主嫌吧？」貴代美套他的話。

〈不不不，〉內藤不置可否，發出了苦笑，〈這樣有點搞不清楚誰在採訪誰了。〉

「是不是武州戶澤的鹽山教練的兒子？」貴代美不理會他的回答，繼續套他的話。

〈妳是聽誰說的？〉內藤稍微壓低了聲音問。

「在網路上看到的。」

〈原來是這樣。〉內藤的聲音放鬆了些，〈誰都可以在網路上隨便亂寫，通常不要全盤相信比較好。〉

「我知道。」貴代美說，「但警方完全不透露任何消息，我只能從網路上找消息。」

〈我不認為被難辨真偽的消息影響是上策。〉

「但也不可能什麼都不做，只等著有人被抓到，然後警方公布消息。你不知道得知規士和這起事件有關之後，每一分、每一秒有多漫長……老實說，我都沒有理會其他媒體，之所以會接你的電話，是期待你可以把你所知道的消息告訴我。」

〈我不知道是不是該說自己很榮幸……既然妳這麼看得起我，應該可以算是榮幸吧。〉他嘀嘀咕咕說完，沉默片刻，然後似乎想出了對策般開了口，〈在可能的範圍內，把我透過採訪得到的消息告訴妳，並不是一件困難的事，只是不知道這些消息是否能夠讓妳滿意，但既然這樣，我當然也要提出條件。〉

「什麼條件？」

〈當找到那幾名少年的下落，釐清事實後，請妳接受我的採訪，談論妳站在家長

立場上的心境。〉

「採訪……你要刊登在《平日週刊》上嗎？」

〈雖然這是我剛才臨時想到的，但我相信編輯部不可能拒絕。〉內藤說完後，又補充了一句，〈無論是站在加害人的立場，或是被害人的立場都無妨。〉

聽到內藤強調這個提案已經考慮到兩種可能性，貴代美忍不住倒吸了一口氣。

〈雖然我不知道你內心期待怎樣的真相，但以目前的狀況來看，應該不是加害人，就是被害人。〉

內藤似乎刻意沉默了幾秒鐘，等待貴代美的回應，但貴代美無話可說。

〈我想了一下，很少有機會遇到這種情況。雖然無論是哪一種情況都很糟，但反差未免太大了，因為根本是完全相反的差異。如果妳覺得我說的話神經太大條，希望妳可以諒解，但是在真相大白，所有真相都倒向某一端時，我很想知道妳身為家長的態度，我強烈希望妳可以告訴我內心真實的想法。〉

他身為記者的好奇心簡直就像在撥動貴代美的神經，讓她感到不舒服，但也可以說，他瞭解貴代美的心情，所以可以認為他比那些用一些冠冕堂皇的話達到目的的記者更值得信任。

「好，」貴代美仔細思考之後回答，「雖然可能無法馬上接受採訪，但等到我可以談論這起事件時，到時候就麻煩你……這樣可以嗎？」

〈非常榮幸。〉內藤輕鬆地說了誇張的話。

「那可以請你告訴我了嗎？」

〈妳想知道什麼？〉

「聽說鹽山教練的兒子打電話給朋友，說已經殺了兩個人，所以只能逃亡，這件事是真的嗎？」

〈因為這起事件的涉案者未成年，所以我無法說出人名，但我已經確認，其中一名失蹤的少年曾經打電話給朋友，提到了這件事，只不過那個朋友不知道除了倉橋以外，誰是被害人，也不知道另一個逃亡的人是誰。那通電話之後，就無法再聯絡到目前失蹤的人。〉

「警方認為他是主嫌嗎？」

〈應該是這樣。借車給他的是他在初中時的學長，那個學長知道他未成年，也沒有駕照，只不過少年說，有人會開車，學長雖然不知道他借車的用途，但無法拒絕，所以就把車子借給了他。他們是學長和學弟的關係，但學弟更凶，學長不敢對學弟說不。因為是那種性格，而且又比規士他們大一屆，所以目前認為他在那個小團體中是主導的立場。〉

「逃亡的那兩個人是一起行動嗎？」

〈這就不清楚了，也有人說是分頭行動。〉

「我看到推特上有人說，他們應該在東京都，請問這個消息有什麼根據嗎？」

〈觀察偵查員的人數比例，發現其中有不少人被派去以澀谷為中心的東京鬧區，包括倉橋在內的四名少年的手機都斷了訊號，警方無法根據手機掌握他們的下落，所以應該以分析周邊的監視器為主，調查失蹤少年的下落，之所以派相當的人手去東京，可以認為警方已經在某種程度上掌握了他們的行蹤。我認為警方不需要太久就可以逮到逃亡少年，至少這兩三天內應該就可以有結果。〉

雖然警方沒有公布偵查的狀況，但並沒有袖手旁觀。貴代美聽到逮到逃亡少年只是時間早晚的問題，忍不住緊張起來。

「警察大致瞭解另一名逃亡少年是誰嗎？」

〈警方在這件事上很謹慎，所以沒有透露給我們媒體，而且有人認為，規士和另一名少年的身高和身材並沒有太大的差異，光從監視器的影像難以斷定。至於服裝，也無法斷定有沒有和被害少年交換衣服。如同手機完全斷了訊號一樣，他們為了逃亡，也採取了各種措施。無論如何，這是一起少年犯罪事件，警方也無法輕易透露沒有把握的事。〉

「目前已經瞭解為什麼會發生這起事件了嗎？」

〈暑假時，規士高中的學長參加社團活動回家的路上，遭到幾個人的襲擊受了傷。目前認為這件事是整起事件的導火線，參與襲擊的是和目前這起事件有關的三個人——除了規士以外，包括倉橋在內的三個人。這是從他們的玩伴口中得知的情況，那個玩伴是從借車子的主嫌口中聽說的，這個事實應該沒有問題。

〈只不過目前不知道他們為什麼起了內訌，可能有人揚言要說出真相，也可能是相互推卸責任。事情的起因是那個學長導致規士受了傷，但目前也不知道規士之後和這起事件的關係。有人認為襲擊的人知道那個學長回家的時間等行動模式，所以規士可能是襲擊計畫的中心人物，也有人認為是那個主嫌的少年一廂情願地做了這件事。受傷的那個學長的朋友當然也不可能忍氣吞聲，所以他們就開始相互推卸責任，最後導致內訌。這是媒體在採訪過程中所推測的情況。〉

早知道不應該自以為通情達理地認為那是小孩子世界的問題，是社團活動中發生的意外，而是要以大人的身分介入……聽內藤說這些事時，貴代美浮現了這些想法，但現在後悔已經來不及了。

「雖然現在問這種問題有點奇怪，」貴代美說了這句開場白後問：「如果是這起事件的加害人，遭到逮捕之後，會是怎樣的結果？」

〈這個嘛，〉內藤語氣謹慎起來，〈在這起事件中，倉橋已經死了，而且很可能還有另一名被害人。遇到這種重大事件，即使是少年犯罪，通常也會交由刑事審判。只不過未滿十八歲不適用死刑，原本該判死刑的會判無期徒刑，原本判無期徒刑的會判十五年或是十二年之類的有期徒刑，如果沒有這麼嚴重，就會被判不定期刑，做出幾年以上和幾年以下的判決。我記得最長是十年以上，十五年以下。目前還不瞭解這起事件的詳細情況，如果傷害致死造成兩名被害人，主嫌的少年有可能會被判處不定期刑的最高刑期，或是有期徒刑。如果有明確的殺人動機，也可能被判無期徒刑。另一名少年的情況則取決於他在整起事件中發揮的作用，如果參與施暴，可能就要做好被判相當長的不定期刑的心理準備。一旦刑期確定，就會送去少年監獄。

〈除此以外，被害人家屬會向加害人請求損害賠償。請求金額可能以億為單位，但法院會居中協調，決定合理的金額，所以可能需要花費幾十年的時間支付這筆賠償金。〉

十年以上、十五年以下的有期徒刑……貴代美覺得規士可能會被判得更輕，但隨即告訴自己，現在必須拋開這種樂觀的想法。

贖罪的日子當然沒有終點，但暫時必須忍耐十五年。想到案發至今，現在才第三天，就覺得十五年簡直遙遙無期。但是，只要規士還活著，未來並不是一片黑暗。

〈萬一發生這種狀況，或是妳現在就在考慮這些問題，內心感到不安的話，我認識熟悉少年事件的律師，也可以幫妳介紹。〉

「到時候再麻煩你。」貴代美回答。

〈聽妳剛才所說的內容，妳似乎有強烈的預感，認為規士是加害人之一……還是說，這只是妳的希望？〉

貴代美沒有回答。

〈並沒有什麼特別的根據，讓妳認為他是加害人吧？〉

「……對。」

〈這樣啊。〉內藤低吟一聲，〈這也算是一種父母心，我也不是不能理解……只是我也不能說，我祈禱有這樣的結果。〉

也不是不能理解。貴代美覺得這句話很冷漠，但反過來說，這也代表自己的心願會讓別人有這種冷漠的反應。

貴代美察覺了這件事，內心很複雜，但她無意改變這種想法。假裝不知道就好。她只能這麼告訴自己。

17

〈喂，你家是不是出事了？〉

難得接到了住在岐阜的哥哥一茂打來的電話。

〈幸久告訴我這件事，我一看，發現的確是你家。接受採訪的是住在春日部的聰美吧？〉

一登把手肘架在桌子上聽著手機。雖然他一直坐在事務所內，但並沒有工作，上網查完事件的相關消息後，又茫然地坐在那裡思考、嘆氣時，接到了這通電話。

「沒錯，」一登懶得掩飾，如實回答說：「規士似乎和這起事件有關，目前下落不明。」

〈是不是在行李廂發現屍體的那起事件？〉哥哥的聲音尖銳冰冷，好像在責備一登，〈你說有關，是怎樣的關係？〉

「目前還不清楚。」

〈不清楚？但目前下落不明，不就是代表在潛逃嗎？〉

「還不一定是這樣。」

〈你不要遮遮掩掩，聰美不是代替你們道歉了嗎？〉

「我並沒有遮遮掩掩，現在真的還不清楚是什麼狀況，甚至不知道他是加害人還是被害人。」

雖然一登說得很明白，但一茂似乎並沒有仔細思考這句話的意思，惡劣地咂著嘴說：

〈雖然我不清楚是什麼狀況，但你們怎麼會搞成這樣？幸久明年就要開始找工作，你們可別給我們添亂。〉

正在就讀京都某所大學的幸久和規士小時候每逢暑假，就會一起玩，但在規士上了初中之後，就沒有機會見面。也許因為只是這樣的關係，所以比起擔心規士，一茂更擔心會造成他們的困擾。

即使這樣，一登當然沒資格抱怨。

「我們無意給你們添麻煩。」

無論規士和這起事件有怎樣的關係，都不可能對遠在岐阜的幸久或是一茂的家人造成什麼影響，一登用有點厭煩的語氣這麼回答。

〈雖然不清楚你們有意還是無意，但的確會造成我們的困擾。〉一茂說得好像已經造成了他們的困擾，〈家族中出現引發這種事件的罪犯，就已經造成了我們的困擾，還會造成世世代代的恥辱，你瞭解這一點嗎？〉

一登頓時產生了錯覺，好像是父親在對自己說這些話。一茂和父親生氣時說話的口吻太像了，父親當年是大學老師，一茂身為家中長子，安分守己地長大，目前在當地化學纖維廠商的研究室工作，他們兩個人在個性上也很像。如果父親在世，應該會說相同的話……一登想到這些，不由得感到痛苦。

〈雖然我不想說這種話，但如果我所擔心的事成真，以後無論是家裡辦法事，或是有任何事，都不會找你來參加，不管你們發生任何事，我也不會去，事情就是這樣。〉

所以是要斷絕關係嗎？……比起覺得哥哥很冷漠，或是太嚴厲，一登更覺得很像是哥哥的作風。

「隨便你想怎麼做都行，我自己家裡的事情都忙不完了，沒時間理會你家的事。」一登並不是敷衍，而是努力保持冷靜回答，「但是，我真的不認為規士是這起事件的加害人，所以我說無意給你們添麻煩是真心話，不管你找不找我去參加法事，我也會自己去掃墓。」

〈希望你還有臉見爸爸他們。我當然也希望事情像你說的那樣。〉

雖然他嘴上這麼說，但說話的語氣中充滿了揮之不去的疑問和冷酷，而且說完之後，就掛上了電話。

一登從年輕時就很獨立，然後到東京讀了大學，一茂和他不同，認為守著老家是理所當然的事，一路走來，這種想法始終沒有改變。雖然他的課業成績比一登好，但他從來沒有想過要離鄉背井。可以說他繼承了岐阜這個地方的保守，而且他們生長在大家都認為長子和次子不同的時代，也因此受到了很大的影響。

一登雖然向來不喜歡保守的氣氛，但他已經充分瞭解到，如果規士成為這起事件的加害人，以後就不可能不介意他人的眼光自由生活，當然也覺得這樣的生活會很可怕。

同時，他也覺得貴代美這方面的感覺比較淡薄，所以常覺得她的想法很離奇。他無法瞭解是自己的思考方式終究無法擺脫故鄉的風土人情，還是因為男女本能的態度不同，抑或是以社會為中心的人和以家庭為中心的人之間的差異使然。

但是，有一件事很明確，那就是一登無法為了消除規士可能遭到殺害的可能性，把希望寄託在規士是加害人之一的可能性上，輕易地相信這種可能性。這並不是認為規士的生死不重要，而是認為扭曲現實，朝向對自己有利的方向解釋毫無意義。

奇怪的是，一旦思考扭曲了事實，周圍就會出現贊同的氣氛，於是，扭曲的思考就越來越無法動搖。

貴代美的態度會變得這麼強硬，也是因為從聰美和岳母說的那些順從她想法的話中得到了鼓勵，聰美還用這種態度面對守在門外的媒體，不瞭解狀況的民眾也開始從這個角度看事情。一茂也是其中之一。

看網路上的消息，認為規士是凶手之一的意見也漸漸佔了多數。

——S和I都是魔鬼，找倉橋加入I的復仇計畫，結果事跡敗露，就試圖要倉橋去向對方下跪，找對方和解。倉橋應該不想一肩扛起所有的事，W也支持倉橋，所以就被幹掉了。

——武藏野的幫派是H田的後台，S山和I川也嚇到了，想要用錢搞定這件事，但最後喬不攏，倉橋和W村想開溜，結果就變成這樣了。

——說起來，S山也是聽I川擺布的棋子，I川應該可以逃到最後。

——警方和媒體好像都已經盯上I了，逮捕恐怕也不遠了。

這些看起來不像有任何根據的臆測開始在網路的世界散播，一登想要尋找客觀而又有良心的消息，結果卻看到這些內容，連自己的心情也受到影響。他終於發現，即使看這些內容，也無法得到任何救贖，於是決定放棄在網路上找消息。

他關了事務所的燈，回到家裡。雖然已經半夜，但貴代美仍然坐在餐桌旁工作。他們沒有交談，一登走進臥室，躺在床上。

他無法輕易入睡，兩點多下床去上了廁所，但貴代美仍然在工作。

不久之前，貴代美滿腦子都想著規士的事，看起來完全無法專心工作，現在的情況完全相反。雖然她應該在趕稿，但有點像是藉由專心工作忘記現實。之前那麼擔心規士，可以這樣輕易切換意識嗎？……一登忍不住感到訝異。

貴代美翻著字典，專心校稿的樣子，有一種一登以前從來不曾見過、充滿殺氣的感覺，好像她已經在內心下定了決心，認為工作是她所有的一切……

但是，她應該沒有放棄規士還活著的希望。她寧願接受規士是這起事件加害人的可能性，就是因為無法放棄這個希望。

如果她仍然沒有放棄……

一登回到臥室，想到這裡，忍不住感到戰慄。

貴代美是不是已經開始為一登的工作無法再繼續做準備？

即使承包業者對一登敬而遠之，客戶紛紛離去，左鄰右舍態度很不友善，不得不離開戶澤，只要自己能夠繼續做校對的工作，就可以填飽肚子。她是否已經有了這種想法，所以將自己的生活轉向那個方向？

開什麼玩笑！

一登完全無法接受這種情況，因為貴代美根本沒有顧及一登的立場。

至今為止所建立的人脈和信用都會毀於一旦，即使想要在新的地方重新開始，也無法指望能夠獲得相同的成功。萬一事件的傳聞又傳到新的地方，到時候該怎麼辦？自己隱姓埋名無法接到工作，最糟糕的情況，就會變成接不到工作的「虛有其名建築師」，然後漸漸老去。

光是想像這樣的未來，就變得很可怕。

但是，貴代美已經在做這樣的打算。
在那樣的生活中，一登只是不事生產的角色。
在社會上缺乏存在價值的男人，在家庭中也沒有存在價值。
一登越想越覺得可怕。
他更加睡不著了。
一登在黎明時，淺淺地睡了三個小時左右。
當他醒過來時，身體好像麻木般無法動彈，他一時不知道是因為沒有睡醒，還是因為極度的緊張造成的。
剛才的夢實在太可怕了。
他很快找回了自己周圍的現實，但仍然比夢境的世界充滿希望。
他夢見自己殺了規士。
嚴格地說，並不是正在殺害規士。即使是在夢境的世界，也會打消這個念頭。
他夢到自己已經殺了規士。
他在夢中想到，對了，我殺了規士。
因為已經殺了規士，所以就無法挽回了。
自己殺了規士後，把他留在他自己房間，貴代美和小雅都沒有發現，仍然過著日常生活。助理梅本和高山老闆等工作上往來的對象也照樣出入。

他整天提心吊膽，不知道什麼時候會被人發現，同時說服自己，因為規士殺了人，所以自己也不得不殺了他。

但是，仔細思考之後，發現自己也殺了人，一旦被別人發現，自己的人生就完蛋了。從這個角度來說，即使說服自己，也無法解決任何問題。這麼一想，就再度感到愕然。

不久之後，得知戶澤分局的寺沼和野田等人要來家裡，終於陷入了絕望……一登從這個惡夢中回到現實，在醒來之後，吐出帶著疲勞感的沉重嘆息。

真是諷刺……呼吸終於平靜後，他翻了一個身，這麼思考著。

自己已經殺了規士。相信他是事件的被害人，就代表這個意思。住在內心的惡魔把這個事實攤在自己面前。

夢境中，規士殺了人。這一定是受到貴代美的影響。雖然自己口口聲聲說，相信規士是無辜的，但潛意識受到了影響。不，他覺得自己並不是真的相信規士的清白，而是一旦貴代美支持的情況變成現實，自己的人生就會完蛋。自己只是不願面對這種可能性。

內心的惡魔看透了這一點，所以才會告訴自己——即使再怎麼聲稱規士是被害人，仍然無法改變你拋棄、殺了兒子的事實，根本無法解決問題，你竟然還為自己未來的人生擔心，未免太滑稽可笑了。

太荒唐了……

隨著腦袋漸漸清醒，一登恢復冷靜。

即使在內心，自己也沒有殺害規士。

自己真的只是相信他。

相信自己的兒子有什麼錯？這和守護自己的人生根本是兩回事。

自己把這兩個問題扯在一起思考，才會冒出這種莫名其妙的念頭。只要相信規士，自己抬頭挺胸過日子就好。

門外有動靜，可以聽到客廳的對講機鈴聲不斷。媒體這麼早就上門了嗎？……一登看到時鐘指向八點，於是決定起床。

他向客廳張望，發現貴代美仍然坐在餐桌前校稿。她看起來不像是睡過的樣子，顯然熬夜工作。

昨晚充滿殺氣的背影也漸漸浮現了疲憊。

「太勉強的話，身體會垮掉。」

一登脫口對她說道，貴代美聽了，立刻放下了自動鉛筆。也許進度已經大致追了回來，她說了聲「那我去躺一下」，就走進了臥室。

對講機的門鈴又響了，液晶螢幕上出現了像是媒體記者的臉。

一登不予理會，正在泡咖啡時，二樓突然傳來小雅的驚叫聲。一登不知道發生了什麼事，衝上樓梯，去她的房間察看。

身穿睡衣的小雅一臉害怕的表情，看到一登後，立刻指著拉起窗簾的窗戶說：

「有攝影機在拍我的房間。」她用快哭出來的聲音說。

一登掀起窗簾探頭向外張望，發現有攝影師站在梯子上，正在拍這個房間。他們可能想拍規士的房間……但是，從外面看不到他的房間，攝影機胡亂拍到了小雅的房間。

小雅之所以抓狂，當然是因為那台攝影機，但可能還同時看到其他媒體的記者。門口總共有將近十個人，所以不止一家電視台。隨著事件的發展，一直擔心可能會變成現實的景象呈現在眼前。

「不必在意，把窗簾拉起來就好。」

雖然這句話無法解決任何問題，但他還是這麼對小雅說，然後走回客廳。他打開電視，看了各家電視台的新聞、資訊節目和談話性節目，並沒有看到戶澤的事件有任何新的進展。

對講機的門鈴再度響起。

「夠了沒有！一大清早，你們到底想幹嘛？」

一登終於忍無可忍，按了通話鍵說道。

〈請問是規士的爸爸嗎？可不可以請教你幾個問題？〉

「我沒有任何話可說，而且請你們不要未經同意就拍我女兒的房間。這是偷拍行為。」

〈那不是我們公司的人。〉

「我不知道是哪一家媒體，這太離譜了，請你們不要這樣。」

〈那你要不要出來稍微回應一下？我們有很多問題想要請教你。〉

「我不是說了，我沒有話要說嗎？」

〈但是，規士爸爸——〉

「失陪。」

一登不由分說地想要結束對話，聽到對方慌張的聲音。

〈啊、那個……你們的門牌被別人噴了油漆之類的東西，沒關係嗎？〉

「啊？」

〈玄關的門上也被丟了雞蛋。〉

又被丟雞蛋了嗎？……一登忍不住咂著嘴。有些人就是喜歡在別人的傷口上撒鹽。

一登換了棉長褲和Polo衫，拿著清潔用品走出門外。

守在門口的媒體記者蜂擁而上。玄關前和昨天一樣，蛋殼和蛋汁四濺，門柱的名牌上被噴了紅色油漆。

「是誰幹的？」

一登心浮氣躁地嘀咕著，用眼神制止記者靠近，但記者似乎以為一登在說是他們幹的，其中一個人說：

「不是我們，我們來這裡時，就已經是這樣了。」

如果是媒體幹的，那就真的太驚人了。但這種可笑的想法也讓他笑不出來，他和昨天一樣，開始打掃玄關。

「規士仍然沒有和家裡聯絡嗎？」其中一名記者問。

「沒有。」

「警方有沒有通知你們什麼消息？」

「沒有，自從我去報案說兒子失蹤後，警方就沒有告訴我們任何情況。」

「昨天有沒有什麼新的消息？」

「我不是說了，沒有任何消息嗎？你們比我們更瞭解警方偵查的進度。」

「不不不，警方對這種類型的事件口風很緊，所以我們也不瞭解目前到底是什麼狀況。」

「昨天不是有一位女士接受了電視採訪嗎？她是你們家的親戚嗎？聽她說話的語氣，好像從警方那兒得知了什麼消息。」另一名記者套他的話。

「我不知道你們如何理解，只是目前並沒有發現任何證據顯示我兒子是加害人，警方也沒有用這種方式對待我們，相反地，我認為我兒子很可能是被害人。」

「有什麼讓你認為他是被害人的證據嗎？」記者語氣謹慎地問。

「很遺憾，也沒有。」

一登據實以告，記者紛紛發出了失望的嘆息。

「我們只能相信，」一登在打掃的同時說，「我們只能相信兒子，當然也希望他能夠平安活著，我太太的這種想法很強烈，所以我太太的姊姊昨天才會說那種話。我們考慮到各種可能性，家人的心情也很起伏，很希望你們在報導時能夠小心謹慎。現在狀況還不明確，就有人像這樣來搗亂，把我們逼得走投無路……」

一登停下手，看著媒體記者問：

「你們看了有什麼感想？」

記者陷入了短暫的沉默，但並沒有持續太久，似乎有人不喜歡這種尷尬的氣氛，很快就開了口。

「我們很尊重事件相關者的人權和採訪對象的隱私，只不過現在有網路的關係，的確有點傷害了原本該遵守的這些東西。」

原來如此。這些媒體也許很無辜，而是斷章取義、添油加醋，加工成中傷言論的社會有問題……一登不由得認同他說的話，但這種態度也帶有一點自暴自棄。

「我們媒體不僅要瞭解事件的本質，同時也有責任探討這些問題，所以如果你內心有什麼想法，包括對這個問題的意見，都可以告訴我們。」
「該說的我剛才都說了，沒有其他話可說了。」
「有消息說，你兒子十天前在居家用品量販店買了刀子，請問你知道這件事嗎？」
「今天是被害人倉橋與志彥的守靈夜，你有沒有什麼話要對倉橋說？」
「你兒子目前仍然下落不明，你有沒有什麼話想要對他說？」
記者七嘴八舌地問，雖然想要回答，也不是沒有答案，但一登選擇閉口不語。
記者是基於自己的正當理由出現在這裡，為了盡職盡責而包圍一登，但也許是因為這樣，所以才很棘手。他們的言行沒有溫度，如果回應他們，只會感到心寒。即使和他們聊好幾個小時，也不可能心靈相通。
他不理會記者接連的發問，繼續打掃家門口，突然想到了一個自虐的疑問。
一登也是根據自己的正當理由採取行動，也經常被別人說愛講大道理，所以在貴代美眼中，是否也覺得自己很冷酷？
也許是這樣。
所謂正當理由，也是建立在每個人的立場和自我認同基礎上的正當理由。一旦立場不同，眼中的正當理由也就會發生改變。即使合理，也未必能夠讓對方產生共鳴，有時候甚至因為合理，對方更不能接受。
到底該怎麼辦？這個問題沒有答案。

遇到這種重大的問題，彼此很難妥協，在真相大白之前只能忍耐克制。

打掃完玄關，他繞去門柱前。

那是特別向鐵工藝家訂製的鍛鐵門柱，壓克力的門牌用螺絲鎖在門柱上。鍛鐵表面好像巨大魚鱗般發出淡淡的銀色光芒，有一種裝置藝術的感覺，但現在完全被紅色油漆毀了。

一登克制著內心的憤怒，用相機拍下了受損狀況。

這已經是犯罪行為了，但是，即使向警方報案，也無法解決問題，所以他已經心灰意冷，只想趕快清除掉。

先用現有的去除劑盡量去除……一登這麼想著，走回事務所。

也許先把名牌拆下比較好……他走進事務所時想著這件事，然後從工具架中拿出油漆去除劑和拆名牌的扳手。

把扳手拿出來，正準備關上抽屜時，他的手停了下來。

這個細長形的抽屜內用隔板隔開，分別放了扳手和螺絲起子之類小型的工具。十個一組的鑿子等刀具也排放在右側深處，前面是雕刻刀。

之前向規士沒收的刀子也放在那裡。

但是，現在不見了。

一登看著梅本平時坐的窗邊辦公桌。因為他有時候也會使用放在這裡的工具，但是，梅本的辦公桌上並沒有規士的雕刻刀。在肉眼可以看到的範圍內尋找，也沒有找到。梅本這一陣子都在製作簡易建築模型，但似乎並沒有使用那把雕刻刀。他平時都用美工刀，那把美工刀放在桌上的筆筒內。

一登心情有點煩悶，回到了戶外，拆下名牌，用去除劑清除油漆。他默默做著這些事，思考著雕刻刀的問題。

梅本可能把雕刻刀帶回家做什麼東西，但應該不是偷竊。梅本不是這種人，他可能忘了向一登打一聲招呼，也可能沒有機會說。

雖然完全有這種可能，但他也意識到自己希望事實如此，如果等到梅本明天來上班再問他，一定會一直心神不寧。

打電話問梅本……正當他得出這個結論時，好幾個記者的手機都響了。每個記者都用談公事的口吻小聲說著什麼，掛上電話後，沒有打一聲招呼就離開了，轉眼之前，家門口完全不見記者的身影。也許他們有了新的採訪對象，也可能覺得一登已經沒有採訪的價值了。他們剛才還那麼鍥而不捨，沒想到說走就走了。

玄關只剩下一登一個人，他放下了內心的困惑，拿著拆下的名牌走回事務所。收拾工具之後，拿起電話，撥打了梅本的手機。

「你好，不好意思，休假時打電話給你。」

電話接通後，一登這麼說。

〈喔，不會，辛苦了。〉梅本用懶散的語氣回答，他和平時沒什麼兩樣。

「有一件事想問你。」

〈什麼事？〉

「事務所抽屜裡少了一把雕刻刀，你有沒有用過？」

〈喔，〉梅本毫不猶豫地回答，〈應該在規士那裡。〉

「啊？」

〈因為我看到他在翻抽屜，然後拿了什麼東西。雖然我只是瞥到一眼，但我想應該是雕刻刀。〉

一登倒吸了一口氣，費力地擠出聲音問：

「什麼時候？」

〈我記得是連假前的星期五，你在傍晚出門時，他來事務所拿走了。我沒有用那把雕刻刀。〉

一登覺得腦袋被人用力揍了一拳。

「這樣啊。」一登好像嘆息般回答後，掛上了電話。他一屁股坐在椅子上，急促地呼吸著。腦筋一片空白，完全無法思考。

王八蛋……只有這句話湧到喉頭。

原本的寄託就這樣輕易消失了。

他已經不知道該相信什麼。

18

貴代美在將近一點時醒了過來。

連續多天睡眠不足，再加上熬夜工作，所以睡得很沉。她隱約聽到客廳傳來電話鈴聲，但當她的睡意消失，腦袋可以思考時，鈴聲已經停了。

她坐起來，拿起放在床頭櫃上，設成震動模式的手機，發現有記者內藤的來電紀錄。他是兩個小時前打來的。

她來到客廳，確認了家裡的電話，發現娘家也曾打電話來，而且答錄機有留言。她按下播放鍵，聽到了聰美的聲音。

〈喂？貴代美？我聽新聞說，其中一個失蹤的少年被警方抓到了，所以打電話問妳一下……我還會再打給妳。〉

貴代美聽完留言，忍不住倒吸了一口氣。沒想到自己睡覺期間，事態發生了重大變化。

一登和小雅都不在客廳，她打開了電視，但並沒有看到新聞節目。

內藤也是為了這件事打電話來嗎？……她想了一下，覺得這是唯一的理由，於是想進一步確認。

她拿起手機，打給了內藤。

內藤馬上接了電話。

「不好意思，剛才沒接到你的電話……發生什麼事了嗎？」貴代美簡單打了招呼，就直接問道。

〈對，今天早上，有一名少年被警方抓到了，所以原本想通知妳。〉

「我姊姊也在答錄機中留言……但我還沒有看到新聞。」貴代美向他說明後問：「現在知道那名少年是誰嗎？」

〈知道了……其實早上的時候還不知道，但在之後的採訪中才知道。〉內藤停頓了一下後繼續說道，〈不是規士。〉

貴代美失望地嘆了一口氣。

〈所以是教練的兒子。〉

內藤雖然沒有說名字，但只要聽他這麼說，就知道是誰了。

「只抓到他一個人是怎麼回事？」

貴代美記得鹽山教練的兒子比規士和倉橋與志彥大一屆，被認為是這起事件的主嫌。貴代美不知道只有他被抓到究竟是怎樣的狀況。

〈目前警方正在訊問相關的情況，所以我還不太清楚，但從側面瞭解到，應該是他們分頭逃亡。今天抓到的少年躲藏在澀谷附近的朋友家中，警方上門逮人。在逃往

東京時，他和另一名少年同行，但不知道是認為分頭行動比較不容易被警方發現，或是基於其他理由，總之他們中途就分道揚鑣了。〉

另一名少年還在拚命逃亡嗎？……想到那個人可能是規士，貴代美感到難過不已。他會不會對前途感到悲觀而想不開？而且他身上並沒有很多錢，不知道有沒有正常吃飯？各種擔心立刻有了真實感。

〈既然已經抓到其中一個，找到另一個人只是時間早晚的問題。〉內藤說，〈已經抓到的少年會招供，而且警方也會進一步調閱澀谷周圍的監視器，我猜想一兩天之內，就可以找到他的下落。〉

貴代美聽到內藤說只是時間早晚的問題，心跳立刻加速。

「請問，如果警察抓到了我兒子，」貴代美問，「我可以去面會，或是送東西給他嗎？」

〈假設他遭到逮捕，最初七十二小時只有律師可以見到他，至於送東西，要看各個分局的態度，但送衣服和毛巾之類的用品應該沒問題。〉

「食物呢？我想他可能沒有好好吃飯，我可以做便當送去給他嗎？」

〈這要問分局才知道，但即使被抓，通常不會馬上逮捕，在警方做好各種準備之前，如果認為有助於安撫少年的情緒，或是對偵訊有幫助，有可能會同意。〉

「這樣啊……謝謝你，如果有新的情況，再麻煩你告訴我。」

〈好。〉內藤回答後，又補充了一句，〈希望……規士平安無事。〉

內藤說話的語氣，似乎在試探貴代美的想法，但貴代美坦誠地回答：「謝謝。」

掛上電話後，貴代美一動也不動，努力讓心情平靜。

即使規士是事件的加害人，她也希望警方能夠趕快找到他，因為繼續逃亡只會增加他的痛苦。

然而，既然還無法確定另一名少年就是規士，她也很害怕聽到找到了那名少年下落的消息，甚至不想聽這種消息。

當她發現自己內心開始產生這種消極的想法後，她忍不住產生了想要消除這種想法的衝動。無論自己怎麼想，正如內藤所說，找到另一名少年只是時間早晚的問題。

她從拉起的窗簾縫隙向外張望，發現屋前很安靜，沒有半個人影，難以想像早上那麼吵鬧。可能在少年鹽山被警方抓到後，記者都去採訪那條線的消息。果然有新的進展。

她覺得自己也要想好規士被抓之後的情況，預先做好該做的事。如果規士是加害人，到時候甚至無法出門買菜，但她很想做便當送去給規士。即使如一登所說，規士已經不是他們所認識的他，他也可以透過自己送去的便當，感受到父母仍然像以前一樣關心他，希望可以融化他因為事件而凍結的心，療癒他逃亡的疲勞，如此一來，他一定可以找回原本溫柔的心。

校對工作的進度順利，應該可以準時交稿，那就先去買菜……

她正在換衣服準備出門，剛才去事務所的一登回來了。

兩個人的眼神交會時，她向一登打了一聲招呼，一登口齒不清地應了一聲，他的表情沒有活力，臉色看起來也很蒼白。

「我去買菜。」

自從事件發生後，他的氣色一直很不好。自己的疲勞也已經達到極限，所以剛才終於睡了一下，但臉色應該和他一樣不太好。

「聽說其中一名少年被警方抓到了，但並不是規士。」貴代美把皮夾放進手提包後開了口，「你聽說了嗎？」

一登似乎並不知道這個消息，無力地瞪著眼睛看向貴代美問：

「誰？」

「聽說是足球俱樂部教練的兒子。」

一登可能也從網路上的消息瞭解事件相關的大致人際關係，貴代美只說了這句話，他就瞭解了。

「為什麼只有一個人？這是怎麼回事？」

「聽說他們中途分頭行動，好像是在澀谷找到的。」

一登聽了貴代美的回答，輕輕點頭後陷入了沉默。早晚會找到另一個人……雖然不知道他有沒有這麼想，但貴代美看他的樣子，覺得他在思考這件事。

她騎著腳踏車去車站前的購物中心。

即使規士被抓，暫時也無法面會。

在這種狀況下，自己身為母親，唯一能做的，就是全心全意為他做便當。只要把所有的母愛都投入便當，就可以像母親的飯糰打動了自己的心一樣，這份心意也會傳達到規士的心。

目前是中午過後，離傍晚還有一段時間，平時不會有太多客人，但今天是連假的最後一天，購物中心的腳踏車停車場內停滿了腳踏車，店內也擠滿了客人。

無論如何，都要做規士愛吃的漢堡排，所以一定要買絞肉和洋蔥，還要買新鮮的雞蛋，可以做成加蔥花的煎蛋。為了避免便當盒內的色彩太暗，最好加菠菜或是青花菜等蔬菜，再加一片魚……

如果把腦海中浮現的菜都裝進便當，便當盒會裝不下，所以她決定等到實際做的時候再來取捨，買了滿滿的食材。

自己帶來的環保包裝不下，她把食材裝進了超市的塑膠袋，然後放在推車上。她正打算離開，在入口附近的美食街停下了腳步。因為有一群少年手上拿著飲料，圍坐在美食街角落的桌子旁。

貴代美認識其中一名少年。

那群少年的其中一人察覺了貴代美的視線，轉頭看了過來。貴代美認得的那名少年發現後，也跟著看向貴代美。

果然……是仲里涼介。他是規士初中時的同學，二、三年級時，經常來家裡玩，貴代美經常烤餅乾給他吃，他每次都開心地吃光，笑著向貴代美道謝。

他和規士進了不同的高中，最近都沒有聽到規士提到他的名字。好一陣子沒看到他，他稍微長高了些，臉上也有了成熟的味道。

仲里涼介看到貴代美，瞪大了眼睛，條件反射地站起身，然後跑了過來。

「好久不見。」他深深鞠一躬。

「涼介，好久不見。」貴代美回答，「你看起來很不錯。」

雖然貴代美努力用開朗的聲音說話，但涼介的臉上甚至沒有露出客套的笑容。他主動來向貴代美打招呼，應該想到了那起事件，所以彼此都不需要擠出笑容。

「聽說……規士失蹤了。」

貴代美聽了他的話，輕輕點頭。

他對這個事實輕輕嘆了口氣，微微皺著臉。

「我聽說這件事之後，打了他的手機，但完全打不通。」

「謝謝你為他擔心。」貴代美小聲回答。

「聽到與志彥的事，我也嚇了一跳，聽說規士和這起事件有關，我立刻打電話給有可能知道這件事的人，瞭解到底是怎麼回事。」

「你也認識倉橋與志彥嗎？」

貴代美不太瞭解其中的人際關係。

「去年，我和規士在一起時剛好遇到他，於是我們就一起玩。我在那之前就聽規士說，足球俱樂部有一個隊友很有趣，一起玩了之後，發現他果然很好相處，我們很快就變成了朋友。」

涼介回答後，皺著眉頭繼續說道：

「聽了有關這起事件的消息，發現也有人覺得規士也是殺害與志彥的凶手之一，我一開始就覺得不可能有這種事。規士不可能做這種事，而且他和與志彥是真正的好朋友。」

貴代美現在並不想聽這種意見，但她覺得反駁也很奇怪，所以就沒有吭氣。

「你有聽說和他一起失蹤的其他人的事嗎？」

「曾經聽過一個姓鹽山，比我們大一屆的人的事。俱樂部和學校的社團不同，上下關係不會太嚴格，但如果惹惱那個人就很可怕，規士說覺得他很麻煩，而且還說那個學長沒有進入高中隊，很快就退出了俱樂部，但他明明沒事，還會在俱樂部訓練時露臉。而且我聽到和這次事件涉案人關係很密切的人說，鹽山的外表看起來很可怕，身上還有刺青，規士他們那群人都不敢違抗他。尤其與志彥是那種性格，所以成為被欺負的好對象，我雖然不認識另一個姓若村的人，但聽說他是鹽山的跟班。」

網路上寫的那個姓W村的少年似乎就是若村。如果倉橋與志彥和若村一樣，都不敢違抗鹽山，成為被調侃和欺負的對象，就可以認為這種暴力可能失控，導致了這起事件。在這種情況下，這兩個人成為被害人也完全合理。

「雖然我搞不懂規士為什麼最近又和這種危險人物一起玩，但其實他受傷、不參加社團活動後，只有和與志彥這些個性很不錯的朋友一起玩。我記得是六月的時候，在這附近看到他們在一起，規士笑著說，因為膝蓋受了傷，不能踢足球了，就只能出來玩。也許他當時有點逞強，但我覺得他看起來並不像很煩惱這件事，所以我沒想到他會退出社團。當時與志彥也在，還有另外兩個人，看起來都很正常，我當時還覺得規士和與志彥都沒變。我覺得是鹽山加入之後，他們那群人才越來越脫序。

「聽說這次的事件最初的起因是規士在社團活動時，學長故意撞他，害他受了傷，結果鹽山他們去找那個學長報復，規士本身根本不是那種自己受傷，就想去找對方報復的人。無論怎麼想，都覺得是鹽山得知這件事後，自作主張去報復，規士事後才知道，覺得他根本沒有要他們去做這種事，不知道他們在幹嘛，結果當然就鬧翻了。」

也許是這樣……貴代美這麼想的同時，也在無意識中尋找不是這樣的可能性。涼介的話並不符合貴代美希望的方向。

「總之，我無法原諒網路上那些人把規士當成了凶手，寫這些留言的人即使聽說過鹽山的負面傳聞，也一定不知道規士的事。他並不是鹽山的小弟，即使鹽山下達命令，他也不可能跟著一起凌虐與志彥。越是不瞭解規士的人越會隨便亂說，坐在那裡的是我們初中的同學，高部讀澤商，所以也認識與志彥，以前也和規士他們一起玩，他也說，規士不可能是凶手。我們正在蒐集很多消息，剛才還在討論，要不要去告訴警察。」

「這樣做有什麼意義？」

貴代美問這個雙眼燃燒著正義之火，想要挽救朋友名譽的少年。

「啊？」

涼介的眼中閃著困惑的眼神。

「你們四處打聽，即使說規士不是凶手，也只是臆測，即使去告訴警察，也只是妨礙他們辛苦辦案。」

「但是，其中有人在事件發生的前一天晚上，還和規士他們在一起。」

「警察應該早就找他問過話了。」

「我聽說警察還沒有去找他，他在足球俱樂部是規士的學弟，目前讀國三，平時並沒有和他們一起玩，那天剛好在遊樂場玩，遇到了若村，然後就和鹽山他們會合。之後其他人說要去找與志彥一起出來，他想回去，又不敢回去，正在傷腦筋，結果規士來了，規士叫他回家，然後他就回家了。」

「他知道什麼？」

「他說，鹽山和若村在討論要教訓與志彥。事情的來龍去脈有點複雜，和我剛才說的，去報復讓規士受傷的那個學長有關，結果這裡的幫派也插手這件事，好像要用錢才能解決這件事。可能是因為對方也受了傷，所以事情才變得複雜。鹽山想要與志彥出這筆錢，但與志彥只是聽說規士受了傷，覺得無法原諒學長，才會參加復仇計畫，根本就是鹽山該負責。

「我猜想賠償的錢也不是隨便可以拿得出來的金額，因為付不出來，也不想付，所以與志彥就去找規士商量。規士之前不知道這個計畫，也並不希望他們這麼做，當然就說不必付那種錢，於是就變成了與志彥和規士對抗鹽山和若村。那天也是鹽山他們去把與志彥找出來，並沒有找規士，與志彥應該向規士求助，把他一起找去。」

涼介認為規士沒有錯的這番話沒有惡意，貴代美也無法用惡劣的態度對他。但對貴代美來說，簡直就像天使在溫柔地掐她的脖子。

雖然覺得於心不忍，但為了擺脫眼前的狀況，她對涼介說：

「但是，那個人並不知道之後規士他們發生了什麼事，不是嗎？」

貴代美故意狠心反駁，涼介的表情僵硬。

「但是……規士不可能和別人一起凌虐與志彥。」

「這種事沒有人知道，也不知道那個鹽山怎麼威脅他。當生命受到威脅時，即使明知道是不可以做的事，也不得不做。」

「但是，」涼介的肩膀起伏著，在用力嘆氣的同時說：「無論遭到怎樣的威脅，他都不可能做這種事。」

「你憑什麼斷言呢？」貴代美完全不接受他的意見，「人不是那麼簡單的動物，這不是是非對錯的問題，有些事只有被逼到那種狀況的人，才能夠瞭解。如果你遇到這種事，你也不知道自己會做出怎樣的行為。」

「我知道自己會做出怎樣的行為，」涼介的聲音微微顫抖，「規士也——」

「涼介，阿姨很喜歡你的真誠，」貴代美注視著他的眼睛說，「你以前就很有禮貌，我也覺得你能夠大膽表達自己的意見很棒，規士配不上你這麼出色的朋友，而且也很感謝你相信他。

「但是，我希望你不要把這種真誠強加在規士身上，他沒有你這麼出色。他不成熟，也犯了很多錯，他背負了很多東西。因為無法輕易拋棄生命，所以該逃的時候就得逃。他就是這種平凡脆弱的人，所以你不要認定他不可能這麼做。」

涼介注視著貴代美的雙眼漸漸失去了光芒。

「……我知道了。」他撇著嘴唇說，似乎說了違心話，「阿姨，我知道妳的意思了，我們不去找警察了。」

貴代美輕輕點頭。

「對不起，你就不要管這件事了，如果規士做出了背叛你信任的行為，也希望你可以原諒他。我不會要求即使發生這種事，也希望你繼續當他的好朋友，只要你知道，人都很脆弱，每個人都會犯錯，這樣就夠了……好不好？」

「好……」涼介無力地回答後，咬著嘴唇，沒有再說話，然後微微鞠了一躬，正準備轉身離去，又停下了腳步。

「但是，我還是相信，因為他不是這樣的人。」

他沒有看貴代美的臉，說完這句話，就跑回朋友那裡。

貴代美把買好的菜放進腳踏車的籃子內騎回家。她踩踏板的腳無法用力，前輪搖搖晃晃。

雖然她剛才幾乎是用大人的固執拒絕接受涼介說的話，但涼介的話對貴代美的內心造成了不小的衝擊。如果保持中立的態度聽涼介說明的情況，就會得出指向某個方向的結論，也可以充分感受到涼介對此深信不疑。貴代美在聽他說話時感到痛苦不已。

回到家時，她根本不記得自己沿著哪一條路回到家，停好腳踏車，雙手拎著沉重的購物袋走進家門，在脫鞋處放下購物袋後蹲了下來。

無論好朋友對規士抱有多大的期待和信任，貴代美都希望他背叛，他不需要當什麼好孩子。

無論再怎麼稱讚他是充滿正義感，很珍惜友情的人，一旦失去生命，就什麼都沒了，不需要用生命去交換這種體面的東西。即使很丟臉，即使被人指指點點，只有自己的生命需要不惜一切代價拚命保護，有了生命，才能談其他的事。即使失去了他人的信賴和自己的尊嚴，以及所有的一切，只要能夠保護生命，其他的都可以找回來。即使無法再像以前一樣，只要低調過日子，一定會有新的朋友，找到新的生命意義。

冰箱內塞滿了新鮮的食材，只要規士被警方抓到，自己可以馬上挽起袖子為他做便當。即使門外擠滿了媒體記者，也要衝出人牆，去為規士送便當。

只不過她懊惱地發現，鞭策身體的這種想法越來越弱了。剛才聽了涼介的話，她發現自己寄託的希望在現實中比想像中更渺茫。不要說做便當，她甚至不想做晚餐，於是把買回來的食材全都放進了冰箱，就坐下來休息。

雖然渾身無力，但一直思考最糟的情況也無濟於事……貴代美轉念想道。無論希望再渺茫，也不能放棄，必須保持體力，至少完成目前力所能及的事。

她把校對的稿子攤在桌子上，重新開始工作。校對的內容所剩不多了，今天再工作幾個小時，就可以完成文字的校對工作，明天應該可以處理完檢查文字是否統一，和待查的疑問。

她努力將散漫的思考綁在每一頁內容上，兩眼看著文字，翻著字典，拿起自動鉛筆，貼上便利貼。好幾次都忍不住嘆氣，強打起精神。繼續做著眼前的工作。

一登似乎窩在事務所內。小雅也關在自己房間內，但不一會兒就下了樓。她漫無目的地在客廳內轉來轉去，似乎想要找人聊天，只是並沒有開口。雖然她仍然板著臉，看起來不像在鬧脾氣，而是有一種好像在摸索自己心情的空虛。貴代美對她說：「帶酷奇去散步。」她今天順從地點頭，為酷奇繫上狗鍊出門了。電話和對講機都安靜得不可思議，當意識不經意離開校對稿上的文字時，這份安靜刺進耳朵，令她感到害怕。

她放下自動鉛筆。雖然才工作了兩個小時左右，卻感到極度疲憊。

她伸了一個懶腰後站了起來，走去二樓。看到空蕩蕩的陽台，才想到昨天和今天都沒有洗衣服。她走去洗衣間，轉動洗衣機後走回來時，情不自禁向規士的房間張望。

沒有主人的房間有一種冷清的感覺。她走了進去，在床上坐了下來。之前向來每隔十天就會換洗床單和枕頭套，但這個房間有和小雅、一登不同的味道。貴代美並不討厭這種味道。上次是什麼時候洗床單？……已經將近兩個星期了，但如果現在洗床單，就會消除規士留在這個房間內的味道，貴代美並不想這麼做。

書桌上隨意放著課本和筆記，還有他喜歡的課外書籍。貴代美拿起他的筆記本翻了一下，發現只是寫了課堂筆記的普通內容。

他的課外書大部分是足球相關的書籍，桌上那幾本看到一半的書，都是運動復健的專業書籍，上面有很多看起來很費解的圖表，貴代美忍不住懷疑，規士看得懂這些書嗎？想到他為了重返球場持續嘗試了各種方法，就不由得感到難過。

她看向書桌旁的垃圾桶，忍不住自問，為什麼那次會看到刀子的包裝……也忍不住後悔，早知道當初不應該沒收他的刀子。

那是規士為了在自己的世界生存下去的獠牙。他認為有必要，所以才買了那把刀子，但自己完全不瞭解他生活在多麼嚴峻的世界，竟然就沒收了刀子。

如果當初沒有沒收他的刀子，現實會如何改變……雖然現在考慮這種問題也沒用，但貴代美無法不想這個問題。

她聽到有人走上樓梯的聲音，隨即看到小雅探頭進來。

「我遛完狗了。」

小雅走進房間後，怔怔地看著放了足球相關書籍和漫畫的書架，以及月曆，然後坐在椅子上。

「聽說有一個人被抓到了，是真的嗎？」

她開口問道，似乎想要打破沉默。

「好像是。」

「那不是哥哥吧？」

貴代美點頭。

「不知道他逃去哪裡了……他根本不可能一直逃亡啊。」

她似乎揣摩了貴代美的想法。但是，貴代美聽了涼介說的話之後，卻對小雅特地想要安慰她的話無動於衷。

「是啊……」

貴代美心不在焉地回答，小雅似乎一時想不出接下來該說什麼，於是閉了嘴。

「如果哥哥是這起事件的凶手，妳不是會覺得很傷腦筋嗎？」貴代美幽幽地試探著問。

「當然很傷腦筋啊。」小雅嘟著嘴，「但現在說這些也沒用。」

她說的這句話聽起來像是已經豁出去了，不知道是否經過一番天人交戰後的結果。

「而且，如果哥哥死了也很傷腦筋。」

小雅又用好像在開玩笑般的語氣說，但貴代美無法用輕鬆的心情聽這句話。

「既然無論是哪一種情況都很傷腦筋，那就要做好兩種心理準備。」

「啊？」

「雖然我不願意這麼想……但既然是這樣的事件，沒有人能夠保證哥哥還活著。」

貴代美說這句話好像在告訴自己。

「因為爸爸也開始這麼說，所以我覺得要做好哥哥會被逮捕的心理準備，」小雅有點困惑地嘀咕，「沒想到現在妳又說和之前相反的話。」

也就是說，一登告訴小雅，規士有可能也是凶手嗎？所以小雅剛才問規士不知道逃去哪裡了，並不是為了安慰貴代美，而是一登對她這麼說。

「我猜想……爸爸也想了很多。」貴代美說。

「你們兩個人的想法完全不一樣，以前竟然沒吵架……太不可思議了。」

貴代美聽了小雅的話，稍微放鬆了嘴角。

「是啊……但以前並不覺得我們的想法不一樣。」

「並沒有忍耐嗎？」

貴代美搖了搖頭。

「以前我並不覺得爸爸的想法有什麼問題，雖然他這個人剛正不阿，也很愛講道理，但每次爸爸罵你們的時候，我都覺得是我想要說，但又有點開不了口的事。」

「所以爸爸這次看到妳反駁他，搞不好嚇到了。」

「也許吧。」貴代美說，「因為我等於在說，自己的兒子是壞孩子，所以他可能真的嚇到了。我也知道這種想法很離譜……竟然說希望自己的兒子是凶手，但是，如果不考慮別人的眼光，只是面對自己的心情，這就是我內心的希望，這也沒有什麼道理可說。」

「既然妳都這麼說了，那我也無話可說了，我自嘆不如，」小雅聳了聳肩，露出淡淡的苦笑，「哥哥即使做了壞事也能讓妳高興，真是太羨慕了。」

「這並不是我比較喜歡妳還是哥哥的問題。」

「嗯。」小雅點頭，似乎表示她瞭解這一點。

「你們兩個都是好孩子。」貴代美說。

「我想應該不算是好孩子。」小雅說話的語氣，好像聽到了什麼笑話。

「不，我甚至覺得其實把你們教得壞一點反而比較好，」貴代美認真地說，「如果規士可以輕易背叛他人，只想到自己，我就不會這麼擔心了。」

「但是，爸爸覺得哥哥把刀子拿走，就是一種背叛。」

「啊？」

貴代美皺起眉頭，她原本以為小雅是說規士買了那把雕刻刀，被一登沒收這件事，但發現語氣似乎有微妙的差異。

「咦……爸爸沒有告訴妳嗎？」小雅似乎發現了她的困惑，「難怪我覺得我們好像在雞同鴨講。」

「妳在說哪件事？」

「就是爸爸沒收了哥哥的那把刀子，原本放在事務所，但不知道什麼時候又被哥哥拿走了。」

「啊？」

「妳剛才出門去買菜時，爸爸告訴我的，說哥哥有可能是這起事件的加害人。爸爸好像很受打擊……雖然我也一樣。」

貴代美的心跳加速，很像是規士奄奄一息的幻影在她心中使勁敲打，以此證明自己的存在。貴代美彷彿聽到規士高喊著：「我才不是什麼好孩子。」貴代美覺得那是充滿生命力的咆哮。

「這樣啊……」

她小聲附和的聲音忍不住顫抖。

規士完美地背叛了自己。

這樣輕易背叛父母的孩子，有可能不背叛朋友的信賴嗎？

現在還無法下定論……貴代美心想。

19

〈連續假期的最後一天，事件中不幸身亡的倉橋與志彥的守靈夜，在戶澤的殯儀館肅穆舉行。守靈夜前，家屬接受了媒體的採訪，談到了對凶手的真實想法。〉

〈殺了人還逃亡，簡直太卑鄙無恥了。這和是不是未成年沒有關係，我們家的孩子也是未成年，好幾十年的未來就這樣被奪走了。我唯一要對凶手說的話，就是要他們把與志彥還給我。〉

〈前來參加守靈夜的同學和學校的老師也都希望能夠早日偵破這起事件。〉

〈我至今仍然無法相信。明天就要回學校上課了，我無法相信他再也不會來學校了。〉

〈聽說目前仍然有人在逃，希望可以早日逮捕歸案。這是我唯一想說的話。〉

〈戶澤分局目前正在向今天早上落網的少年瞭解情況，據說已經傳出暗示該少年參與事件的風聲，但明天之後才會開始正式偵訊，少年的供詞將成為循線追蹤和這起事件有關的其他少年下落的關鍵。〉

夜間的新聞節目報導了倉橋與志彥守靈夜的情況，以及上午落網少年的相關情況。

在守靈夜現場，倉橋與志彥的外祖父接受了媒體的採訪。雖然並沒有露臉，只拍到身穿禮服的樣子，但一登聽他說話的方式，就知道是花塚泥作的老闆。他沉痛的樣子和對凶手怒不可遏的態度，和高山老闆之前說的一樣，雖然沒有拍到他的表情，但一登看到一半，就無法正視電視螢幕。

高山老闆應該也去參加了守靈夜。照理說，高山老闆應該會通知自己，一登如果接到通知，應該也會去參加。然而，自己並沒有接到高山老闆的電話，一登必須迴避好像是一種默契，讓他覺得很難過。

在網路上被認為是主嫌的鹽山落網之後，警方的偵查工作也將近尾聲。明天或是後天，總之在不久之後，就會找到另一名少年的下落，瞭解整起事件的全貌。如今只能默默等待消息，這種日子簡直如坐針氈，痛苦不已。

逃亡的少年為什麼在中途分道揚鑣？也許只是因為分散行動，比較不容易被警方發現，但整天窩在家裡等消息，就會忍不住覺得這件事也有特別的意義。

一登參考了網路討論區上的傳聞，認為規士和鹽山的關係並不是很好，至少從飯塚杏奈曾經從規士口中聽說過倉橋與志彥這個名字來看，規士和鹽山之間並不像和倉橋與志彥一樣，是推心置腹的好朋友。

果真如此的話，他認為逃亡的兩名少年中途決定分頭行動這件事，根本就是規士和鹽山之間關係的寫照。如果幾名少年發生了糾紛，規士並非自願地成為了加害人之一。起初因為受到周遭的影響一起動了手，但之後決定分道揚鑣也是很自然的發展。

一登至今仍然覺得，比起認為規士是這起凶殘事件的加害人之一，他更有可能是被害人。

但是，人的行為無法用理論解釋。無論自己再怎麼相信，都可能遭到背叛。規士在刀子這件事上背叛了一登，既然這樣，他就失去了可以斷言規士一定不會做這種事的根據。

「規士把我之前沒收的刀子拿走了。」

前一天熬夜，打亂了睡眠節奏的貴代美在凌晨兩點多才走進臥室。一登十一點多就上了床，雖然覺得好像睡著過，但只是短暫的淺眠，貴代美走進來時，他帶著睡意聽到了動靜。

「我聽小雅說了。」貴代美躺在床上靜靜地回答。

「這樣啊……」一登嘀咕著，但幾乎沒有發出聲音。

貴代美無法和自己的失望產生共鳴，讓他感到很空虛。

但也許貴代美也有相同的感受。即使她聽小雅說了這件事，臉上也沒有露出充滿希望的表情。當然，以目前的狀況，無法光憑這一點，就相信規士還活著，她應該也有很多複雜的想法。

夫妻兩人的希望完全相反，但其實都是沒有希望的希望。只是在一籌莫展的情況下，為了維持自我而努力如此相信而已，並不是綻放出燦爛光芒的希望，無論對自己的希望多麼執著，都不至於要指責對方，或是全然否定對方。

因為一登現在無法否認規士成為加害人的可能性，所以開始有了這種想法，同時也覺得自己必須為真的發生這種情況做好心理準備。

「船到橋頭自然直……」

一登嘀咕的聲音很模糊，貴代美輕輕「嗯……」了一聲附和。

隔天早晨，一登起床後，像前幾天一樣去打掃玄關。

今天玄關的門上又被人丟了雞蛋。是同一個人嗎？雖然一登覺得那個人真是糾纏不清，但不可思議的是，他並沒有像昨天或是前天那麼憤怒。也許在他的腦海角落，已經萌生了早晚要面對更可怕的社會反應這種想法。他不再態度強硬地打算報警，也不再拍照，只是默默地打掃。

他拿了報紙後，回到客廳。

看到「少年供稱殺人」、「還有另一名被害少年嗎？」的標題，他覺得呼吸暫停了。雖然之前就已經充分意識到這種可能性，但從遭到逮捕的鹽山口中說出這件事，讓他感受到前所未有的緊張氣氛。

不一會兒，比貴代美更早起床的小雅來到客廳，在一旁探頭看著一登正在看的報紙，然後嘆了一口氣，和連假結束，準備要去上學的早晨氣氛格格不入。

「要不要幫妳烤麵包？」

一登走去廚房時問她。

「我可以去學校嗎？」小雅試探地問。

「當然啊，妳正常上學就好。」

「萬一有什麼狀況？」

「什麼狀況？」

「因為哥哥的事。」

「那就到時候再說，如果出了大事，可能會打電話給妳，但沒必要現在就提心吊膽。」

「嗯……」小雅輕輕點頭。

「如果同學說妳什麼，妳就去告訴老師。」

她聽了一登的話，稍微動了一下脖子，不知道她是否聽懂了。

一登把火腿和起司放在土司上，然後配豆漿吃。貴代美昨天去買了菜，冰箱裡有很多食材，但他懶得花時間準備早餐。

小雅吃完早餐後，去二樓換了制服，拿了書包後走下樓。

「路上小心。」

小雅沒有回應一登，就走出了家門。她看起來心情很沉重。

一登無法再忽視規士是加害人的可能性，昨天也這樣告訴了小雅。小雅應該也很擔心這種可能性，所以一登認為應該讓她做好心理準備。

雖然他對小雅說，這種情況未必會發生，小雅還是很受打擊。因為這是會嚴重影響她將來的問題，她會擔心也是理所當然的事。她原本就是個性爽朗的孩子，昨天晚餐時，已經可以感受到她似乎已經接受了事實。

但是，去學校上課時，班上同學的反應都會成為她新的不安。雖然一登很同情她，只不過目前也無法為她做什麼。如果規士遭到警方逮捕，小雅受到影響，說不想去學校上課，一登認為必須尊重她的決定。

貴代美在將近九點時起床。她看到了放在桌上的報紙，翻開社會版，目不轉睛地看著戶澤事件的後續報導，但並沒有發表任何感想。

「小雅去學校了嗎？」

「對。」

這是他們夫妻唯一的對話。

一登換了西裝褲和襯衫去了事務所，不一會兒，助理梅本克彥就來上班了。

「早安。」

「早安。」

「雕刻刀找到了嗎？」

梅本把放在桌上尚未完成的簡易建築模型拉到自己面前時問一登。

「喔，喔喔……謝謝。」一登不置可否地回答。

「果然是規士拿走的嗎？」

「嗯……」

梅本似乎接受了一登的回答，然後就像往常一樣，默默低頭做模型。

他好像完全不瞭解一登的家庭目前面對的狀況。今天沒有記者守在門外，他應該知道戶澤的事件，但如果沒有熱衷地看電視新聞，即使沒有發現也很正常。

他們就像平時一樣工作。雖然一登對籠罩室內的沉默感到窒息，但和不愛說廢話，專心做手工活的梅本在一起時，經常會陷入這種安靜，梅本也完全沒有感覺到任何異常。

不久之後，一登終於能夠專心投入眼前的工作。雖然不知道外面發生了什麼事，但自己目前身處的空間安靜而穩定。既然這樣，就應該配合這種氣氛，處理手頭上的工作。

他把種村家準備建造房子的土地照片排放在桌上，翻開畫了草圖的筆記本。站在那塊土地前，可以看到怎樣的外觀……怎樣的客廳能夠讓那對夫婦感到安逸……當他們邀父母兄弟和朋友來家裡作客時，什麼樣的玄關能夠讓他們覺得是一棟好房子……一登在草圖上加了細節，設計的構想逐一呈現。

種村夫婦還很年輕，結合華麗的感覺很重要，但畢竟是要居住多年的房子，所以也必須有穩重的感覺。雖然很想運用結合日式和西式的時尚感覺，但不能缺乏特色，還可以融入一些在建造秋田家的房子時無法用到的點子，一登希望能夠設計出讓種村夫婦感到驚嘆和佩服的房子。

各種靈感連結在一起，呈現出新房子的全貌。

雖然還需要時間才能完成所有的細節，但他現在就能夠預感到，可以設計出理想的作品。

建築設計的工作需要豐沛的感情思維，將靈感化為設計點子，還需要有實際的經驗累積，秉持一貫的理論。

一登認為自己目前恰到好處地具備了這兩者，說起來，現在正是自己在事業上的成熟時期。建築的工作有各種不同的類型，在客製化住宅方面，尤其並不是那種標新立異的房子，而是用正常的預算在普通的土地上建造兼具使用方便性和設計感的房子方面，即使和眾多同業者相比，他也有自信自己絕對不會技不如人。像這樣在思考設計案，想到好點子時，這種想法特別強烈。

他在不知不覺中，將事件的紛擾趕到了腦海角落，再度確認了這份工作的魅力，沉浸在可以將自己的能力完全投入這份工作的充實感中。

這時，電話響了。梅本接起電話，轉接給他時說：「是種村先生。」

「我是石川。」一登拿起自己辦公桌上的電話。

〈啊，石川建築師……我是種村。〉

「種村先生，那天非常感謝。」

〈不，我們才要感謝你……因為我在外面，所以聲音可能有點聽不太清楚，不好意思。〉

「沒問題。」一登回答說，「我正在設計你家的房子，雖然還需要一點時間才能夠向你們提出建議方案，但我覺得可以設計出不錯的房子。」

〈啊，喔，是啊……〉

種村的反應有點奇怪，一登忍不住皺起了眉頭。種村的聲音並沒有如他所說，會聽不清楚，但聲音比平時低沉，而且他現在才想到種村特地打電話來這件事不太對勁。

「怎麼了嗎？」一登問。

〈呃……雖然很難啟齒，〉種村語氣沉重地開了口，〈我和太太，還有我的父母討論了這次建房子的事，然後有人認為，還有委託其他建築師設計的選項……〉

「啊？」

〈我們經過充分討論之後，決定還是不委託你了，不知道是否能夠得到你的諒解……〉

一登還沒有和種村簽約，所以如果種村取消委託，彼此之間就沒有任何關係了。

通常都會在提出初步設計方案和估價單後才簽約，但有時候也會發生到了這個階段，卻無法順利簽約的情況。

但是，自己還沒有提出設計方案，對方就取消委託，讓他感到無法釋懷，而且也覺得不對勁。

「請問是因為什麼原因？」

〈該怎麼說，我爸媽說對你的設計沒有共鳴……〉種村結結巴巴地說。

「但是我還沒有提出設計方案啊。」一登的回答理所當然。

〈就是看了官網上的作品……〉

「請問具體來說，是對哪些部分不滿意？」

官網上介紹了木造、鋼筋、時尚風格、鄉村風格和傳統風格等不同類型的建築作品，沒有特別強調某一種特色，努力降低客戶上門委託的門檻。

所以，種村說的理由讓他無法接受。

〈具體的原因就是我爸爸認識一位建築師，因為這次我爸爸也有出錢，所以無法忽略他的意見，真的很抱歉……〉

既然種村這麼說，一登就無法再說什麼……但一登想要確認背後真正的原因。

「恕我直截了當地問一下，你們是不是聽說了我家的事？」

〈不，那個……〉種村含糊其辭，沒有回答。

「所以，你們聽說了媒體報導的有關戶澤的事件，對不對？」

種村沉默不語。

一登知道這就是答案，但也不知道該怎麼結束對話。

〈很抱歉。〉種村終於尷尬地說，打破了沉默，〈因為房子對我們來說，是一輩子的事，所以不希望有什麼閃失，請你諒解。〉

家是守護家人的重要地方，不希望由家庭成員中有罪犯的建築師來設計建造。

「但是……我兒子只是下落不明，目前還不知道和這起事件有什麼關係。」

這句反駁的話聽在自己的耳裡也覺得很奇怪。那是缺乏熱忱，只是為了面子而說的話，和之前相信規士並不是加害人時完全不一樣。只是建立在現在還沒有查明真相，所以自己並沒有說謊的狡辯基礎上說的話。

〈很抱歉，事情就是這樣。〉

這句話果然無法打動種村。

種村說完之後，就掛上了電話。

一登放下電話時，看到梅本露出驚訝的眼神看著自己。

「種村先生打算委託其他建築師。」

一登向梅本說明，但他的表情仍然很嚴肅。

「規士……出了什麼事？」

一登還無法處理內心巨大的失望，無法正視梅本，小聲回答說：「他失蹤了。」
「剛才聽你說，和戶澤的事件有關……」
不難想像，梅本在說這句話時，腦海中閃過了那把雕刻刀的事。
「當然也不能排除他是引發這起事件的加害人的可能，」一登不想掩飾，這麼對梅本說，「因為出現了這種傳聞，所以也會有這種中止委託的客人。當案情真相大白，事實果真如此的話，周圍人的反應會更加露骨，當然也會影響到工作，事務所搞不好也無法再繼續經營下去，你到時候會有什麼打算？」
「你問我有什麼打算，我也……」
一登看著梅本，發現向來面不改色的他臉上露出不知所措的表情。雖然即使並非出於真心，一登還是希望聽到他說，無論發生任何事，自己都會追隨老師，但也知道他不是會說這種安慰話的人。姑且不論是優點還是缺點，一登向來很欣賞他不隨感情起伏，默默工作的態度，如今感嘆他在這種狀況下不支持自己也無濟於事。
「現在不知道事情會如何發展，所以你也可以好好考慮，提前做準備。」一登用這種方式結束了對話，「雖然時間有點早，我先回家吃午餐。」
說完，他走出了事務所。
要不要去秋田家瞭解工程的進度？但他不想遇到高山老闆。他想起今天是倉橋與志彥的告別式，高山老闆可能去參加告別式了……各種想法在腦海中交錯，但意識被烏雲籠罩，這些交錯的想法都很無力，而且很快就失速了，只有無力感不斷累積。

小雅上學時穿的鞋子脫在玄關。

走進客廳時，發現貴代美獨自站在那裡滑手機。她的校對工作可能已經完成了，貼了很多便利貼的稿子整齊地放在桌子上，但是她並沒有完成工作後鬆了一口氣的感覺，心神不寧地撥弄著頭髮。

「小雅回來了嗎？」

貴代美停頓了一下，才抬起頭看著一登，用力點頭。

現在還不到中午……班上的同學可能說了什麼，看來和我一樣。一登自嘲地這麼想，打算去和小雅聊一聊。

「聽說又有一名少年落網了。」

一登正準備上樓，聽到貴代美這麼說。

「啊？」

「剛才那個內藤打電話給我。」

一登倒吸了一口氣。

終於……他這麼想。

「已經知道是不是規士了嗎？」

「目前還不知道。」

「這樣啊。」

雖然他努力平靜地回答，但走上樓的腳步很無力。

一登面對了自己內心萌生的預感，什麼話都說不出來。

聽到貴代美說「又有一名少年落網」時，他立刻浮現出規士的身影。規士逃亡多日後精疲力盡的身影條件反射般浮現在腦海中。這種預感和直覺建立在各種邏輯思考的基礎上，雖然他一直對周圍的人說，相信規士是被害人，但在經過充分的思考之後，他現在認為規士可能是加害人的想法更加強烈。

「妳沒事吧？」

他來到二樓，向小雅的房間張望。小雅背對著門口，躺在閣樓的床上沒有吭氣。

一登問了這句話後，不知道接下來該說什麼。原本上樓想和小雅聊一聊，但想到襲擊這個家庭的風暴才正要開始，就覺得無論現在說什麼都無法發揮任何安慰的作用。

那就先不要吵她。一登這麼想著，離開了小雅的房間。雖然覺得好像放棄了自己的職責，但他已經沒有力氣面對自己的內心。

規士房間的折疊式門簾打開著，一登走進房間，坐在書桌前的椅子上。

桌上放著運動復健的專業書籍，封面有點陳舊，而且看起來很貴，應該是二手書或是向別人借的書。

規士也很努力想要改變現狀。難道是因為這樣，最後卻踏入歧途嗎？事到如今，只能聽天由命了……一登漸漸產生了這樣的心態。一直說自己無法相信，也無法改變任何事實，而且這種態度很快就會變成逃避現實。

一旦真相大白，就只能接受真相。

他覺得家人是一種很特別，也很難處理的關係。

既不是自己，卻又不是外人。他向來不曾認為兒女是自己的分身，也經常覺得不知道他們在想什麼，但仍然不覺得他們是外人。一旦出事，一登和貴代美當然無法置身事外，就連小雅這種兄弟姊妹也會受到牽連。

一登當然早就充分瞭解這件事，正因為這樣，他很關心規士，避免規士踏入歧途。如果規士玩得太過火，就會適時數落，也沒收了規士的刀子。

一登自認至少盡了身為父親最低限度的職責，但如果規士還是背叛了自己，他也無話可說了。無話可說並不是要放棄規士，而是只能默默承擔起該負的責任，甘願接受社會的制裁。這就是家人。

這也無可奈何……一登努力讓自己看開這件事。雖然覺得內心能夠接受，鬆了一口氣，但仍然有一絲排斥。

之前的再三叮嚀都是無謂的努力……他忍不住想道。

也許應該更不厭其煩地叮嚀……他忍不住想。

每當內心湧現空虛和懊惱時，他都試圖在內心嘀咕「這也無可奈何」加以消除。之前在這裡發現雕刻刀，最後沒收了那把刀也是無謂的努力。

一登在感到空虛的同時，忍不住伸手打開了當時放那把刀子的抽屜。

他只是隨手打開而已。

但是……

當他看到抽屜內時，忍不住驚訝不已。

他的身體無法動彈，簡直就像全身的神經都短路了。

筆盒的角落，原本應該沒有任何東西。

他不知道那把雕刻刀為什麼會出現在那裡。

他用顫抖的手拿起，然後又立刻放了手。

自己並沒有看錯。

「王八蛋……」

他脫口這麼罵道。

一登衝下一樓，走進臥室，從衣櫃裡拿出了禮服。他換上白襯衫，繫上了黑色領帶。

「家裡有奠儀袋嗎？」

他在穿上衣時走出臥室問貴代美。

「怎麼了？」

貴代美驚訝地問。

「我要去參加倉橋的喪禮。」

「啊？」

他用潦草的字跡在從櫃子抽屜裡拿出來的奠儀袋上寫了名字，把錢塞了進去，然後瞥了一眼一臉茫然的貴代美，走出了家門。

他坐上車子，前往之前報導守靈夜的新聞時，看到的那家位在郊區的殯儀館。殯儀館的停車場內放著「倉橋家會場」的指示牌。一登不知道喪禮從幾點開始，但看到停車場內幾乎沒有空位，覺得應該來得及。

他走下車，快步走向會場，看到多家電視台的攝影機聚集在正門附近。記者看到一登，紛紛竊竊私語，一登不理會他們，走進建築物內。

喪禮似乎才剛開始，一群身穿制服的高中生站在會場入口。連假已經結束了，所以喪禮可能為了配合學校的午休時間，在中午才開始。一登覺得這是命運的安排，讓自己可以趕上這場喪禮，更覺得自己應該來這裡。

他在接待處簽了名。接待他的男人訝異地低頭看著一登的名字，一登沒有理會，鞠了一躬後走進會場。

會場內已經擠滿了人，有三、四十個身穿相同制服的高中生。可能是倉橋班上的同學都一起來參加。還有幾個穿不同制服的人，以及很多大人，分不清楚是學校老師，或是父母、外祖父母工作上的朋友，或是附近的鄰居。

許多人都站著，一登也放棄尋找座位，沿著牆壁往裡走了一小段路，在適當的位置停下腳步。

「不好意思……」

一登注視著掛在祭壇上的倉橋與志彥面帶笑容的照片，不一會兒，聽到有人叫他，才發現有人追了上來。就是剛才在接待處的那個男人。

「有一件事想要和你確認，可以請你再來接待處一下嗎？」

「什麼事？」

一登仍然站在原地問，那個男人小聲問他：「請問你和故人是什麼關係？」

「我兒子是與志彥的朋友，我和他的外祖父在工作上也有往來。」

「不好意思，請問你兒子叫什麼名字？」

「石川規士。」

男人立刻露出嚴厲的眼神。

「請你跟我來一下。」

「有什麼事？」

一登仍然站在原地不動。

〈引導僧入場，請各位合掌迎接。〉

和尚走了進來。會場內一片寂靜，男人拉著一登的手臂。

「可以請你出來嗎？」

「你不要拉我。」

一登在抵抗的同時，握著佛珠，合起雙手。

和尚入座，鬆開合起的雙手時，又有兩個男人跑過來拉他。

「請你出來一下。」

「為什麼？」

一登周圍的人議論紛紛。

「為什麼？你兒子不是和這起事件有關嗎？」

「只是和事件有關，他和與志彥一樣。」

「總之，你先出來。」

那幾個男人抓著一登的肩膀。

「不要拉我！」

參加喪禮的人紛紛看了過來，不知道發生了什麼事。一登和坐在家屬席上的花塚泥作的老闆對上了眼，一登向他點頭致意，花塚瞪大了眼睛，一臉僵硬地看著他。

坐在普通席最前排的一個人站了起來。那是高山建築的老闆。

「幹什麼！？」

高山從通道擠了過來，跑到一登身旁。

「請讓我參加，讓我代替規士送他最後一程。」

「你瘋了嗎？」高山一把抓住一登的胸口，想要把他拖出去，「你要為家屬想一想！」

「不是規士幹的！規士並不是凶手！」

雖然他這麼說，但高山並沒有手下留情，他在轉眼之間就被拉到了會場外。

「規士和與志彥一樣！他也是被害人！」一登繼續高喊著。

「你這麼說，是有什麼證據嗎？警察告訴你的嗎？！」

高山仍然抓著一登的胸口，大聲咆哮地問。

「不需要警察告訴我，我也知道！規士並沒有做這種事！」

「王八蛋！」

高山把一登推到會場外，才終於鬆了手。下一剎那，他的拳頭狠狠地打在一登的臉頰上。雖然他即將是老人的年紀，但做工多年鍛鍊的身體很強壯，拳頭也像石頭一樣硬。一登被他一拳打倒，一屁股坐在柏油地面上。

「滾！」高山轉過身後，又咬牙切齒地說：「連做人的道理都不懂。」說完之後，走進了會場。

挨打的衝擊讓一登無法動彈，也沒有力氣再大聲叫喊。

「他真的沒有做……」

他好不容易才擠出這句呻吟，但無力的聲音無法傳入任何人的耳裡。

他忍著嗚咽，雙手撐著柏油路面。

他轉頭張望，看到站在前門的攝影師正用冰冷的攝影機對著他。

他過了很久才終於起身。

只能回家了。

他垂頭喪氣地走向停車場。

嘴裡有血的味道。他擦著嘴唇，發現手背上沾到了血。嘴巴似乎破了。

他把手伸進上衣的內側口袋，想要拿手帕，發現手機在震動。原來並不只是因為身體在發抖。

和手帕一起拿出來的手機螢幕上顯示了家裡的電話號碼。

一登按了通話鍵後，深深嘆了兩次氣，才對著電話說：「喂？」

20

到底是怎麼回事？……一登突然說要去參加倉橋與志彥的喪禮，貴代美只能茫然地看著他離去的背影。

貴代美被他的氣勢嚇到了，無法表達任何意見。一登的眼眶濕潤，表情中帶著悲壯感。

雖然倉橋與志彥的外公是花塚泥作的老闆，但在眼前這種情況下，絕對不會歡迎他去參加。即使被趕出來也無法有任何怨言，而且認識花塚泥作的老闆這件事只會造成反效果。

即使如此，一登仍然覺得必須參加喪禮，去向他們道歉嗎？

一登發現規士拿走雕刻刀後，心境似乎發生了變化。在得知另一名少年落網後，這種心情更加強烈，也許他覺得只能趁現在去向對方道歉……貴代美忍不住這麼想。

一登之前一直堅稱不相信規士是加害人，如今終於覺得必須這麼做。這件事也令人感到鬱悶。他不可能真的認為規士死了比較好，不難想像他內心也有各種想法在拉扯。

但是……

真的是自己想的這樣嗎？

一登去二樓時無精打采，但下樓時，眼中帶著血絲……貴代美無法理解這種唐突的變化，即使想要為他的行為找理由，也找不到像樣的理由。

剛才在二樓發生了什麼事？

貴代美情不自禁走上二樓。

她準備走向小雅的房間，在走廊的中途停下了腳步。

因為當她瞥向規士的房間時，發現規士書桌右上角的抽屜打開了。

貴代美發現自己毫無防備地面對眼前的一切。

她完全沒有做好瞭解任何真相的心理準備。

但是，她的身體情不自禁走向書桌，無法抵抗想要確認的本能。

抽屜內。

筆盒最深處那一格。

褐色的刀柄和刀鞘。

雕刻刀。

她在那裡看到了原本不應該在那裡的東西。

「啊啊……」

為什麼？

「啊啊啊啊啊啊啊……」

她捂著臉，雙腿發軟。

她覺得這個房間的呼吸突然停止了。

貴代美在失去脈動的空間內尖叫起來。

「媽媽？」

小雅叫著她。她聽到貴代美的叫聲過來察看發生了什麼事。

但是，小雅走進房間後，也立刻看到了抽屜內的雕刻刀，「啊」地倒吸了一口氣。

「他在幹嘛……」

小雅茫然地這麼嘀咕。

樓下的電話鈴聲響了。鈴聲響了很久，但貴代美的身體無法動彈，於是小雅下樓去接電話，然而電話鈴聲斷了，小雅又馬上走了回來。

「電話斷了。」她自言自語地說。

貴代美終於站了起來，回到了一樓。小雅似乎也不想獨自留在二樓，默默跟了下來，但也可能是擔心貴代美。

貴代美坐在餐桌前，低頭看著已經完成校對工作的稿子。接下來只要裝進信封，交給快遞公司就好。但是，她現在已經不知道在連假期間拚命趕工的校對工作是否真的有意義，只是即使還剩下十頁，貴代美也沒有自信可以完成。

不一會兒，放在桌子上的手機響了。液晶螢幕上出現了內藤的名字。是不是又有什麼動靜……但是，無論有任何動靜，對貴代美來說，都只是恐懼。

貴代美猶豫了一下，沒有接起電話。

這時，家裡的電話又響了。

小雅看到貴代美沒有動靜，走過去接了電話，用警戒的聲音小聲「喂？」了一聲，停頓了一下，聽對方說話後回答：「請等一下。」把無線電話交給了貴代美。

「警察打來的。」

貴代美感到胸悶心悸，忍不住按著胸口。

果然有了進展。

「喂……」貴代美接過無線電話後放在耳邊，用沙啞的聲音回答，「請問哪裡找？」

〈妳好，我是戶澤分局的野田。〉電話中傳來幾天前來家裡的那個女刑警的聲音，〈請問是規士的媽媽嗎？〉

「對，我就是。」

〈很抱歉，在妳忙碌時打擾。關於妳兒子的事，有幾件事想和妳談一談。如果可以，希望妳和規士的爸爸一起來這裡……〉

野田說，會派車子來接他們，還說詳情見面再談，就沒有再多說什麼，貴代美也沒有多問。

掛上電話後，貴代美撥了一登的手機。

「警察希望我們去一趟……」

〈是嗎……我知道了，我現在就回去。〉

貴代美意識到自己的聲音很無力，但一登的聲音也像是行屍走肉在說話般柔弱。他去參加喪禮，但不知道結果怎麼樣。他剛才在電話中說要回家，於是貴代美換了外出服後在家等他。

一登很快回到家裡。他眼神空洞，嘴角腫起，而且還滲著血。貴代美很好奇發生了什麼事，但並不是無法想像，所以也就沒有問他。一登也什麼都不說。規士之前帶著瘀青回家時也一樣，男人在這種時候什麼都不會說。

一登脫下禮服，換上平時穿的長褲和襯衫。貴代美化了淡妝，做好了出門的準備。兩人相對無言。

她把校對稿放進信封，打電話給快遞業者，然後交代小雅，等業者上門，就把信封交給他。

工作脫手了，現在可以專心處理規士的事。

現在還沒有到悲觀的時候……雖然只有一線希望，但她努力這麼想，作為自己的精神支柱。如果今天落網的是規士，也許警方就是要談這件事。

無論如何，既然兩名少年都已經落網，接下來應該可以掌握事件的全貌……想到這裡，貴代美幾乎被令人窒息的緊張感吞噬。

牆上的時鐘剛好指向一點時，對講機的門鈴響了，傳來戶澤分局的野田的聲音。

〈我來接兩位了。〉

貴代美和一登一起走出門外，看到車子停在門口。寺沼坐在駕駛座上，向貴代美他們點頭。

他們在野田的示意下，坐進了後車座。

車子駛了出去。

彼此幾乎沒有好好打招呼，車內很快就陷入了無言的世界。貴代美和一登也都沒有開口。

車子從住宅區來到縣道，遇到紅燈停下來時，坐在副駕駛座上的野田清了清嗓子，轉頭看向貴代美和一登。

「不瞞兩位，從昨天到今天，偵查工作有了很大的進展。」

從她說話的僵硬語氣中，可以感受到她也很緊張。

「昨天有一名警方認為和這次的事件有關的少年落網，今天早上又有另一名少年落網。」

野田說到這裡，停頓了一下。

「然後……」

雖然她又開了口，但沒有繼續說下去。

前方變綠燈了，車子駛了出去。

野田微微垂下眼睛，似乎並沒有看貴代美和一登。這時，才終於又開了口。

「我們根據昨天落網少年的供詞，剛才繼倉橋之後，又發現了另一名少年的屍體。」

21

「我們現在要去分局，希望兩位協助確認一下。」

警方發現了屍體。

然後希望一登和貴代美去確認。

野田說完之後，向他們輕輕點頭，然後又把頭轉回前面。

車內再度陷入了沉默。雖然覺得野田還沒把話說完，但一登和貴代美都沒有發問。他們似乎想要藉由沉默，讓一登他們做好心理準備。但是，一登就像是面對外敵感到害怕，已經放棄逃走或對抗的小動物般，帶著畏縮的心，靜靜等待野田的下文。

不一會兒，車子就抵達了戶澤分局。許多媒體記者都守在警局門口，車子繞到建築物後方，停在有許多警車的安靜角落。

寺沼將引擎熄火後，轉頭看了過來。

「根據我們的調查，認為發現的那具屍體是規士，所以……我相信兩位會很痛苦，但還是要請兩位去確認一下。」

一登已經充分考慮過這種可能性，但真的聽到這句話時，覺得很不真實。他覺得無論表示怎樣的反應，都會變得很虛假，所以無法說任何話。

「今天落網的少年是？」

貴代美似乎從喉嚨費力地擠出了聲音。從這個問題中可以感受到她還無法完全放棄不知道究竟是否存在的希望。

「並不是規士。」寺沼回答。

既然這樣，任何可能性都不存在了。只不過完全沒有真實感。貴代美可能也有同感，但也可能覺得仍然未見分曉，她發出了急促的呼吸聲，一動也不動。

「屍體身上的衣服和日前兩位告訴我們規士所穿的衣服一致，至於相貌，我們也認為就是規士。至於發現的經過，是我們根據昨天落網少年的供詞，搜索了他提到的地方，發現了那具屍體。」

也就是說，那名少年供稱除了倉橋與志彥，也殺了規士。

「請跟我們來。」

寺沼和野田說完後下了車，一登和貴代美也跟著下車，但感覺不是憑自己的意志，而是像傀儡一樣跟著走。

他們從後門走進了警局。昏暗的通道單調冰冷。走了一小段路，就走進了電梯。電梯也是陰森冷漠的空間，身體和心情都完全無法適應。規士真的在這種冷漠的地方嗎？……一登還是沒有真實感。

停屍間位在地下室。走出電梯後，沿著通道往前走。寺沼來到一道門前，請他們等一下，然後走了進去，但很快又走了出來。

「目前還在驗屍，請再稍微等一下。」

寺沼說完這句話，好像為了避免冷場般繼續說道。

「臉部並沒有受太多的傷，但頭部被硬棒多次毆打，所以留下了傷痕。另外，死亡時間應該是星期天凌晨，已經過了四天，屍體開始腐爛，發出臭味。你們可以其中一位進去確認，如果兩位都不想確認，我們也可以藉由指紋確認。」

一登看著貴代美。她的臉色蒼白，好像隨時會昏倒，但她輕輕搖了搖頭說：「我要去。」

寺沼看向一登。一登原本打算如果貴代美膽怯，他就獨自進去確認，既然貴代美這麼說，他無意阻攔。一登點頭，寺沼也對他點頭，似乎表示理解。

他們坐在通道的長椅上等待，野田陪著他們，寺沼又走進了停屍間。

不一會兒，寺沼走了出來。

「請進。」

一登和貴代美聽了，立刻站起來。貴代美好像貧血發作似地搖晃著，一登立刻上前扶住了她的肩膀。

「妳還好嗎？」野田擔心地看著貴代美的臉。

貴代美低頭片刻，但意識似乎很快平靜下來，她抬起頭，堅強地回答說：「我沒事。」

「妳要不要在這裡等？」

野田關心地說，貴代美再度搖了搖頭說：「我想見他。」這句話中充滿了悲壯，野田也沒有再說什麼。

「妳可以走嗎？」

一登扶著她的肩膀問，貴代美用力點頭，邁開了步伐。

寺沼打開了停屍間的門迎接他們。

走過隔板後，看到五、六名看起來像是偵查人員的男人。他們看到一登和貴代美，立刻離開了放在房間中央的擔架床。

擔架床旁有一張折疊式的長桌，上面放著熟悉的連帽衫、T恤和牛仔褲。

屍體躺在擔架床上。

雖然被搬運時用的塑膠布包了起來，但胸口以上的部分露了出來。

那是受了傷，失去了生命，完全變了樣的樣子。

貴代美加快了腳步，她的肩膀掙脫了一登的手。

「規士……」

聽到貴代美呼喚的聲音，一登覺得自己的意識終於把握了現實。

規士死了。

「規士！規士！」

貴代美抱著屍體，用悲痛的聲音一次又一次呼喚，然後放聲大哭起來。

她全身顫抖，好像用盡了全身所有的能量，持續大聲哭泣。

一登因為缺乏真實感而停滯的感情也像潰堤般終於傾洩，他流下了淚水，喉嚨不停地抽搐。

規士死了。

當一登和貴代美為了相信或是不相信而爭論不休時，規士已經死了。

無論相信或是不相信，都已經和他無關了。

規士拿走了一登沒收他的刀子，然後根據自己的意志沒有帶刀出門。

然後，他就死了。

無論一登和貴代美再怎麼懊惱，都已經和他無關了。

眼前的屍體，是規士不受任何人影響，貫徹自我的結果。

他只是靜靜地、強烈地主張，自己就是自己。

真的……

自己失去了無可取代的兒子。

「規士！」

一登也帶著嗚咽，呼喊著心愛的兒子的名字。

警方在那天早上落網少年的祖父所經營的金屬加工公司後方，找到了規士的屍體。那裡是堆放物料的地方，規士的屍體用藍色塑膠布包著。

不久之後，一登從貴代美口中得知，網路上被稱為W村的少年姓若村，主嫌的少年姓鹽山。警方完全沒有向他們透露包括這些敏感問題在內的資訊，對於事件的真相也含糊其詞，聲稱目前還在偵查。

但是，寺沼在送一登和貴代美回到家之前，告訴了他們一些會在記者會上發表的事。

將寺沼說明的情況，貴代美從規士的朋友、記者那裡打聽到的消息，以及新聞後續報導中所瞭解到的情況綜合整理之後，大致瞭解了整起事件的來龍去脈。

這幾個孩子似乎為了金錢的問題發生了糾紛。

姓堀田的少年在社團活動的分隊比賽時讓規士受了傷，鹽山得知這件事後，找了若村和倉橋與志彥一起報復。規士事先對此完全不知情。

和規士關係很好的倉橋完全是基於義憤參與報復行動，但鹽山試圖暗示除了要向報復的對象動粗，最終還想要勒索金錢。正因為這樣，他才沒有告訴規士這個計畫，只不過因為必須瞭解堀田在暑假期間，社團活動的日子，以及練習結束的時間，於是就把這件事交給倉橋處理。倉橋對規士說，想見一見他的女朋友，也希望她可以介紹她的同學給自己認識，還要規士問飯塚杏奈，社團活動結束後有空的時間。但在規士安排好讓他們見面後，倉橋臨時取消了，因為他們三個人要去襲擊堀田。

他們三個人按照計畫，在堀田參加完社團活動後埋伏襲擊他，只不過鹽山失算了。鹽山原本打算用金屬球棒輕輕碰堀田幾下，在不會造成堀田受傷的情況下恐嚇，向他勒索金錢，沒想到最後造成堀田的腿骨折了。雖然不知道真相如何，但鹽山告訴警方，鹽山和若村在揮棒時手下留情，但倉橋義憤難平，沒有控制力道，結果就打斷了堀田的腿。

原本可以談成的事情談不攏，之後，堀田找了他認識的本地不良幫派來解決這件事，鹽山他們一下子陷入了困境。不良幫派逼迫鹽山，要拿出當初他試圖勒索堀田一倍的金額來解決這件事。金額大約是五、六十萬。

於是，鹽山就把責任推卸給倉橋，說全都是因為倉橋揮棒太用力，才會導致堀田受傷，責怪倉橋毀了整個計畫，要求他去籌這筆錢。

鹽山叫倉橋即使去搶劫、偷竊，也一定要籌到這筆錢，倉橋無計可施，只好找規士商量。規士這才終於瞭解這件事，對倉橋說，不必聽從鹽山的命令，同時提醒他，不要再和鹽山來往。

鹽山受到不良幫派的壓力，越來越著急。雖然試圖要規士和倉橋一起籌錢，但即使對規士說，這件事因他而起，規士也不可能接受。雖然試圖用暴力讓他們服從，卻造成了反效果。那剛好就是暑假結束時，規士和倉橋臉上都留下了瘀青的時候。

那件事發生之後，鹽山開始覺得規士對自己有強烈的反抗，他猜想如果下次再動手，規士不可能罷休。於是，他再度避開了規士，採取了只針對倉橋一個人的策略。然而，倉橋也察覺到鹽山的居心，於是就找規士商量。之後，當鹽山找倉橋時，即使沒有找規士，規士也都會陪著倉橋一起去。事件發生的前一天，星期六晚上也是這樣。

不良幫派指定了交錢的日子，鹽山已經無路可退，於是他就在星期六晚上說要一起玩，約了倉橋出來見面。沒想到規士也一起出現了。經常玩在一起的七、八個人去了遊樂場和家庭餐廳，鹽山一直想找機會和倉橋單獨說話。隨著夜越來越深，有幾個人先後回家了，但規士沒有回家。鹽山想留下倉橋，讓規士回家，卻沒有成功。深夜過後，只剩下鹽山、若村、倉橋和規士四個人。

他們一起去了若村祖父的公司。若村祖父的公司位在戶澤外圍的丘陵，地點就在鹽山他們搬運倉橋的屍體，卻發生拋錨意外，最後棄車的現場附近。周圍都是雜木林和農田，和城鎮中心相比，並沒有很多民宅，而且因為是連假期間，即使白天也不會有人去公司。他們以前週末玩通宵時，經常躲在那家公司的倉庫裡。

鹽山在那裡提出了錢的事。他稍微讓了步，說自己也會籌一部分錢，和鹽山同一陣線的若村也支持這個提議，還提出了能夠在短期內籌到錢的犯罪計畫。但是，由於這個計畫會造成倉橋極大的負擔，倉橋無法接受這個計畫，而且他表示不希望再參與犯罪。因為有規士陪同的關係，他也不甘示弱。

倉橋和規士認為，根本不必理會對方的要求。當初堀田向周圍人吹噓，是自己故意讓規士受了傷，所以他自己受傷，剛好可以抵消他的行為，如果堀田有什麼意見，只要這樣反駁他就好。

而且他們認為當初是鹽山擅自想要向堀田勒索金錢，如今不良幫派也是因為這個原因才來插手這件事，反過來勒索鹽山，所以鹽山必須自己去搞定。

怎麼籌錢的問題還沒有搞定，又開始爭論誰要為這件事負起責任。天快亮時，他們仍然爭論不休。

星期天清晨，若村對始終沒有結論的爭辯感到厭煩，再加上有點累了，於是就和倉橋發生了衝突。鹽山說，這成為整起事件的導火線。因為他們兩個人同年，一旦情緒化，誰都不願讓步。於是倉橋亮出了刀子，讓現場的氣氛一下子繃緊。

鹽山說，他起初試圖讓大家冷靜，但看到倉橋拿出刀子後心生恐懼，擔心規士也帶了刀子，於是開始疑神疑鬼，認為如果不先動手，就會反過來被他們幹掉。

「總之，當時覺得必須採取行動佔據優勢。」

警方向媒體公布，鹽山如此供稱。於是就拿起旁邊的鐵棍，對著懷疑帶了武器的規士頭部連續打了好幾次。雖然他說並非想殺規士，但在規士倒地後，他仍然沒有放下鐵棍。

倉橋看到之後感到害怕，鹽山搶走了他的刀子，和若村兩個人用奪下的刀子和鐵棍將他凌虐至死。

鹽山和若村造成了無可挽救的結果，在討論之後，決定將兩具屍體埋去山上，然後著手準備。他們用藍色塑膠布裹起屍體後，放在公司後方堆放物料的地方，白天的時間清理了倉庫地上的血跡。由於遺棄屍體時需要交通工具，於是他們打電話給有車子，也願意借車的朋友。雖然他們兩個人都不會開車，但若村對車子很有興趣，也略懂一點車子的知識，於是自告奮勇，說他可以開車。他們認為一次處理兩具屍體的負擔太大，所以決定分兩次搬運。

當時，他們還沒有決定要開始逃亡，只是盡可能延緩事件曝光的時間。他們假冒規士回覆了貴代美傳的電子郵件，也是為了隱瞞真相。

雖然他們絞盡腦汁建立了計畫，卻在搬運倉橋的屍體時就發生意外，整個計畫都泡了湯。他們在逃亡途中，擔心警方可能會搜尋到手機發出的微弱電波，於是連同自己手機的 SIM 卡都拔出來丟掉了。

兩個人換了電車逃到東京，鹽山的朋友住在澀谷附近，所以決定去投靠。但那個朋友說沒辦法藏匿兩個人，於是就在中途和若村分開。若村一直在鬧區的網咖流連。

瞭解了事情的來龍去脈後，一登發現規士完全沒有任何過錯。在整起事件中，相信規士是理所當然的事。

然而，在鹽山和若村落網，找到規士的屍體之前，就連這些情況都被迷霧籠罩，完全看不清真相。

警察很早就掌握了規士和倉橋臉上曾經有瘀青，以及之後兩個人去本地的家庭用品中心買雕刻刀的事，但是，偵查員針對他們購買雕刻刀的目的意見分歧，有人認為也無法否認他們兩人要決鬥的可能性。

在兩名落網少年招供和發現規士的屍體等決定性的證據出現之前，警方在偵辦過程中都極其謹慎，完全沒有向一登他們透露偵查的方向。因為這是一起少年犯罪事件，或許這也是無可奈何的事，但一登他們一家人無辜被這起事件捲入，必須和自己內心湧現的各種情感交戰，周圍的氣氛也持續摧毀他們的生活。

發現規士屍體的第三天，完成司法解剖之後，終於躺在棺材內送回了家中。

一登在設計這棟房子時，完全沒有想到會有家人死去。雖然他想過等自己年紀再大一點之後，可以將客廳的一部分改成榻榻米的房間，但還來不及這麼做，就失去了一個家人。規士的棺材就放在客廳的沙發前。

規士頭上綁著繃帶，平靜地閉上雙眼。但由於屍體腐爛的情況嚴重，所以當天晚上就舉辦了守靈夜。他在家裡只停留了不到五個小時，在這段期間為他唸了經。

一登和貴代美已經不再驚慌失措地哭泣，一心想著溫柔地迎接終於回到家的規士。

岳母扶美子和大姨聰美從春日部趕來看規士，她們淚流不止。酷奇也難過地嗚咽著。

小雅在規士的棺材前哭得傷心欲絕。

「對不起……哥哥，對不起……」

她一次又一次泣不成聲地道歉。

如果規士是凶手很傷腦筋。一旦發生這種事，自己的未來就會毀於一旦。如果規士是凶手，情願他成為被害人……在事件發生之後，一登因為曾經聽她親口坦承，所以瞭解她當時的心境。

雖然一登並不認為那是她完全真心的想法，但這種自私的想法的確更加強烈。但是，當規士真的變成冰冷的屍體回到這個家中時，她無法憑藉著這種想法接受眼前的現實。諷刺的是，只有當規士成為加害人遭到逮捕時，小雅的想法才有正當性。

貴代美很溫柔地對待哭著懺悔的小雅。看到規士的屍體之後，貴代美終於放下了好像渾身帶刺般的緊張，岳母和聰美也都安慰著小雅，一登更無法責備她。

小雅的未來有救了。可以說，是規士拯救了她的未來。

一登也有同樣的想法。高山建築的老闆和花塚泥作的老闆也都來參加了守靈夜，高山老闆深深鞠躬，幾乎快要跪下來了，痛苦地為之前在倉橋與志彥喪禮時的失禮行為道歉，並為規士的死表示哀悼。花塚老闆含著眼淚握著一登的手說，我對你的不甘心感同身受。除了他們以外，還有很多工作上的朋友前來弔唁，表示哀悼，也鼓勵他振作。住在岐阜的哥哥也趕來了，一臉沉痛的表情參加了守靈夜。

一登的未來有救了，也同樣是規士拯救了他的未來。

正因為這個原因，一登內心更加痛苦。小雅的懺悔深深刺進了一登的胸膛。

沒收規士刀子的行為到底是否正確？一登必須更深入地為這個問題煩惱。

如果規士也帶著刀子出門，然後和倉橋一起亮出刀子，也許就不會發生這樣的結果。

不，如果當初他們沒有一起去買刀子，倉橋沒有試圖用刀子威嚇鹽山和若村，也就不會刺激他們，或許就不會造成如此悲慘的結果。

只不過這種看法未免過於片面。他們當時明顯感受到危險，規士雖然態度強勢地面對這起糾紛，但要自己的女朋友飯塚杏奈暫時不要接近自己。因為這件事也關係到和學長堀田之間的問題，規士認為學長可能不相信這件事和自己無關，內心一定充滿了不安和恐懼。如果完全不考慮這種情況，認為規士去買刀就是錯誤的行為，未免對他太不公平。

即使絞盡腦汁，也想不出到底應該怎麼做的正確答案。

但是，能夠為這個問題煩惱，也是拜規士所賜，否則現在一定會更加痛苦。

規士拿走了一登沒收他的刀子，避免了把一登和貴代美扯進這件事，而且他根據自己的選擇，把刀子留在家中。

無論發生任何事，都不是你們的錯，都是我自己的錯……他把刀子放回自己的抽屜，對一登和貴代美留下這句話。

規士的很多朋友也來參加了他的守靈夜。

幾天之前，曾經叫住一登，告訴他規士受傷當時情況的飯塚杏奈，也哭成了淚人，必須由她的女性朋友攙扶。

規士讀中學時，經常來家裡玩的仲里涼介也來了。很久沒有看到他，他看起來成熟多了。他似乎告訴自己絕對不能哭，緊閉著雙唇，向一登他們深深鞠躬。一登之前聽貴代美說，他很擔心規士的安全，聽到有人把規士當成凶手，感到怒不可遏。一登覺得他的心境和自己很相似，猜想他面對規士的死，心情一定很複雜。

除了這些朋友以外，在守靈夜結束後，一個年輕人走到一登他們面前，向他們打招呼。

「我叫宮崎。」

他一臉落寞的表情自我介紹。他在戶澤車站附近的整復推拿院工作，主要負責為受傷的運動選手和身體功能有障礙的人復健。一登也知道規士在社團活動時膝蓋受傷後，曾經有一段時間去整復推拿院復健。

「很遺憾發生這種事，而且也很震驚。我不久之前才遇到規士，看到他很有活力的樣子……」

暑假之後，規士幾乎都沒有去整復推拿院，在事件發生的一個星期前，他突然現身了。

「他對我說，他會持續復健，但會放棄成為運動選手。我對他說，只要發揮耐心，持續復健，一定可以重回球場。他告訴我說，即使他的膝蓋恢復原狀，目前的社團也不歡迎他歸隊……我當時還覺得他為什麼那麼悲觀，但他看起來神清氣爽，似乎已經放下了。

「而且，規士對我說，他因為人際關係的問題，決定放棄足球，但當初在我的指導下積極復健時充滿了希望，覺得自己絕對要歸隊……他說要好好運用當時的經驗，也希望在這方面深入學習，希望以後可以成為復健專家，幫助受傷的選手。

「我聽了之後，就借了幾本書給他。雖然我猜想他應該無法完全看懂，但還是希望他可以稍微瞭解一下，這是怎樣的世界……」

宮崎說到這裡，咬著嘴唇陷入了沉默。

「那些書在規士的桌子上，」一旁的貴代美說，「謝謝你，我們馬上拿去還你。」

宮崎聽了，搖了搖頭說：「不，這件事不重要。」淚水順著他的臉頰滑落，「只是想到不久之前，還和我談論夢想的規士，竟然發生了這種事，我真的很難過……」

他的嘴唇顫抖，費力擠出這些話。
一登聽了他的話，什麼話都說不出來。
你必須自己尋找想做的事。你要更努力……一登以為規士失去了人生的目標，所以明知道會被他討厭，但仍然多次對他說類似的話。
「你們覺得聽父母說這種話很煩，左耳進，右耳出，或是覺得父母說的也許有道理，開始認真思考，未來就會改變。」
那時候……規士默默吃著晚餐，看起來好像完全沒有在思考將來的事，一登也這麼對他說。
「如果以為長大之後，自然而然地什麼都懂、什麼都會，那就大錯特錯了。少壯不努力，長大之後就會一事無成。」
雖然一登根據自己的經驗說了這些話，但規士的反應很冷淡，似乎覺得又在數落他而充耳不聞。
一登完全沒想到，規士竟然把自己的話聽進去了。
他完全沒想到，規士竟然完全接受了自己的意見。
一登再度淚流不止。
那是繼承了自己的血液，自己悉心養育的心愛兒子，但也同時是無法光用這些字眼形容的對象。

那是願意傾聽自己的意見，感受到自己的愛，一起走向未來的對象。

規士的溫柔、堅強和清新……在失去他之後，一登才發現他的優點。但是沒有喜悅，每次發現，內心的悲傷就更深。

多麼希望他還活著……

規士不是凶手……他一直認為自己相信這件事並沒有錯。

然而，這個認定竟然如此苦澀。

說相信規士當然很好聽，但如果捫心自問，是否真的純粹只是相信自己的兒子？他內心就有一種近似疼痛的感覺，會忍不住想要問自己，難道沒有像小雅一樣，摻雜了自私的想法嗎？

他無法說完全沒有。

規士拯救了一登的未來。

但是，規士拯救的未來已經和原本的未來不一樣了。

石川家少了規士之後，客廳無法再像以前那樣明亮，會明顯感受到空洞，也從此失去了溫度。

那是任何人都無法彌補的空洞。在活下來的人往後的人生中，也許再也無法發自內心地歡笑，在笑的同時，內心也會湧起淡淡的寂寞。

自己當初覺得即使是這樣的未來也沒關係，無論如何都要保護嗎？

還是應該像貴代美那樣，認為這樣的未來根本不重要，只希望規士能夠活著？

雖然之前冠晃堂皇地說什麼相信規士，但其實內心曾經搖擺不定。所謂的相信或是不相信，終究也只是這種程度而已。

也許自己只是盡可能不希望破壞自己所擁有的一切，不允許自己所擁有的一切遭到破壞的想法更強烈。

唯一讓他感到安慰的是，當他想到規士有可能是凶手時，內心覺得果真如此的話，也只能接受事實。

他當時覺得必須做好心理準備，拉近了和貴代美心境之間的距離。

在規士的抽屜內發現他把被沒收的刀子放回去時，自己完全愣住了，完全沒有一絲喜悅。自己好不容易做好了心理準備，所以只想罵一句「王八蛋」。

規士可能是殺人凶手。

規士可能已經死了。

一登的心一直在這兩種可能性，這兩種沒有希望的希望之間翻騰。

即使真相已經大白，他仍然不覺得已經結束。

只覺得必須接受擺在眼前的現實。

在經歷各種想法之後，終於走到了這一步。

守靈夜結束，前來弔唁的人靜靜地離開了殯儀館，原本留下來的一些人也在向一登他們家屬打招呼後，一個又一個離開了。

會場內只剩下親戚，彼此也漸漸相對無言時，一登走出會場，走向設在大廳的接待處。

負責接待工作的助理梅本仍然留在那裡，接待晚到的弔唁客。

「他們有來嗎？」

一登問梅本。

「沒有。」梅本搖了搖頭。

「這樣啊……」

一登事先叮嚀梅本，如果鹽山或是若村的父親或母親來參加守靈夜，可以讓他們進入會場，請他們坐在最後方的座位。

雖然他猜想，他們應該不會來。

但如果他們來了，一登打算接受他們的弔唁。

22

無論來參加弔唁的人露出多麼憂鬱的眼神注視，遺照中的規士仍然滿面笑容。

這張遺照使用了貴代美手機裡的照片。規士上了高中之後拍的幾張照片都很少有笑容，他已經不是在父母拍照時，能夠露出笑容，擺出勝利手勢的年紀了。

正因為這個原因，所以貴代美毫不猶豫地挑選了這張露出滿意笑容的照片。

那是高中入學典禮那一天，在家門口拍的。

他內心應該為終於成為高中生感到高興，但可能更感到害羞，所以和貴代美他們合照時好像很勉為其難，態度很冷淡。貴代美很想拍下他的笑容，於是就把酷奇從家裡帶出來塞到他手上說：「酷奇也說要和你一起拍照。」

「為什麼連酷奇都……哇，牠的毛都黏在我制服上了啦。」

規士雖然一副為難的樣子，但懷裡的酷奇和他玩了起來，他終於投降了，忍不住露出笑容。貴代美看到他中了計，立刻用手機拍下了那一剎那的表情。

當時做夢也沒有想到，半年後，這張照片竟然會用在這種地方。

那一剎那成為了永恆。

以後再也看不到他新的笑容了。

前來弔唁的人依依不捨地離去後，遺照中的規士仍然滿面笑容。

規士的時間永遠停止了。

貴代美覺得自己的時間似乎也停止了。

然而，這只是錯覺。

即使目不轉睛地注視著規士的遺照，眼淚也會靜靜地流下來，就像空氣會從空穴中吹出來。淚水漸漸平靜，然後下一波淚水湧現，再次模糊了他的笑容。

貴代美的時間仍然在流動。

之所以感覺自己的時間也跟著停止，是因為規士在貴代美內心佔據了重要的分量。貴代美的心就像是規士屍體躺著的棺材，也像是裝了那張他滿面笑容遺照的相框。

「媽媽，妳要不要休息一下？」

弔唁的人離開之後，貴代美仍然獨自坐在家屬席上，小雅這麼問她。母親和聰美剛才已經去家屬休息室休息了。

「謝謝。」

雖然貴代美這麼回答，但沒有立刻起身。她需要時間確認自己到底想不想休息。是不是太累了？

晚到的弔唁者似乎也都走光了。

那就去休息吧……她終於這麼想，拿起了手提包。這時，她看到手提包裡的手機顯示接到了電話。

是自由記者內藤重彥打來的。

〈我可以去悼念規士嗎？〉

貴代美接起電話後，他在表達哀悼後問道。他說自己就在這附近。

貴代美前天也曾經和內藤通過電話。因為身為被害人家屬，今後可能會遇到很多問題，貴代美問他是否認識優秀的律師可以介紹。

內藤介紹的律師今天就開始面對媒體，一登委請律師向媒體簡短表達了目前的心境，一家人暫時得以遠離瘋狂的採訪攻勢，也能夠在肅穆的氣氛中舉辦守靈夜。

雖然內藤的目的可能並不只是弔唁，而且之前曾經和內藤約定，等事件真相大白後，會接受他的採訪。

內藤走進人影稀疏的會場，靜靜地上香，合掌悼念。

然後他們一起來到大廳，一登剛好在接待處前，貴代美就把內藤介紹給他。內藤表達了哀悼，一登感謝他介紹了律師。

聊了幾句之後，貴代美和內藤一起走去坐在大廳的長椅上。

「不好意思，在妳這麼疲累的時候打擾。」

「你太客氣了。」

在還不知道規士到底是被害人還是加害人的時候，從內藤的態度中，可以感受到他刻意和貴代美保持距離，想要觀察貴代美的冷靜，如今已經感受不到這種態度。從他客套的語氣中，可以察覺到他雖然想來而來了，卻不知道該用什麼態度對待貴代美的困惑。

「雖然我之前說，會提供妳各種消息，希望妳接受我的採訪作為交換條件，」內藤轉頭看著從會場入口可以看到的祭壇開了口，「但現在又有點猶豫。」

「我以為你是為了這個目的而來。」貴代美說。

內藤輕輕搖了搖頭說：

「說起來很奇怪，我希望規士是加害人。雖然我之前對妳說，我不能說我祈禱有這樣的結果，但妳看起來似乎也希望是如此……」

內藤說的沒錯，所以貴代美沒有吭氣。

如果規士是加害人就代表他還活著，就必須接受這個前提，雖然只要想像這將會遭到社會多麼嚴厲的指責，將會付出多麼沉痛的代價，就會感到不寒而慄，但她仍然做好了接受自己的兒子是凶殘罪犯的心理準備，選擇了希望兒子是加害人。

只要自己還是自己，無論多少次面對相同的現實，都會有同樣的想法。

「如果是這樣，我就可以肆無忌憚地想問什麼就問什麼，光是想像一下，就讓人躍躍欲試。自己的兒子奪走他人生命的自責，和兒子還活著的安心……我很希望自己身為社會記者，能夠用冷靜的眼光，描寫出這兩種相反的複雜心情。」

他輕輕嘆了一口氣。

「但是，事實並非如此……」

貴代美覺得這句充滿空虛的話，是身為記者的他表達的哀悼。

「當然，既然妳是被害人家屬，我也有問題想要請教，但如此一來，我就會想要在妳的回答中，尋找對加害人的憤怒和憤慨。」

憤怒。憤慨……內藤說的這些字眼開始在貴代美的內心打轉。

「我身為社會記者，從事社會事件的報導工作，如果我的工作有什麼價值，就是藉由向社會報導這種令人痛心的事件真相，期待可以消除一起今後可能發生的類似犯罪的萌芽。但是，報導中需要有憤怒和憤慨的情緒，就是無法原諒引發凶殘事件的加害人的情緒，才能夠發揮這樣的效果。只要能夠激發廣大讀者的共鳴，我覺得對社會而言，這樣的報導才有一定的價值。這也許只是廉價的正義感，但是我覺得這個世界搞不好就是建立在這種東西的基礎上。我也是基於這種想法，報導了好幾起事件。」

內藤輕輕點頭，好像在向自己確認，然後繼續說道：

「所以，我首先想要向妳確認，妳內心對加害人有這種憤怒和憤慨的情緒嗎？」

聽內藤的語氣，似乎並不是很想問這個問題，他好像已經猜到了貴代美的回答。

「沒有。」貴代美回答，好像把剛才那些在自己內心打轉的話還給他，「完全沒有，連我自己也感到害怕。」

「妳想要原諒加害人嗎？」

「並不是這樣。」

「還是妳不想恨別人？」

「不……並不是想要原諒別人，或是不想恨別人這麼高尚的想法。」

「妳想不想對他們說，把規士還給妳？」

內藤接連發問，似乎想要激發貴代美內心尖銳的情緒。

「如果我說了，他們就可以把規士還給我，我當然很想這麼對他們說。但是，規士無論如何都不會再回到我身邊。」貴代美說到這裡，輕輕嘆了一口氣，「對不起……無論我怎麼對內心呼喚，內心的憤怒或是憤慨的情緒都沒有任何回應。」

「不，」內藤惶恐地閉了嘴，然後再度發問，似乎這是他無法不問的問題，「這是因為妳曾經希望規士是加害人的關係嗎？」

「我不知道。」貴代美說，「你說的沒錯，我之前一直希望規士活著，即使他是事件的加害人也無妨。在那段期間，我的心情完全是加害人家屬的立場，所以到底是自己無法對加害人產生憤怒的情緒……或者只是還沒有反應過來……連我自己也搞不清楚。」

「妳的意思是說，現在全心面對規士的死亡，無暇想其他事？」

「對。」貴代美附和後，想了一下才開了口，「但是，我覺得即使過了一段時間之後，我還是不會產生這樣的情緒。」

「這樣啊……」內藤回答的聲音有點哀傷。

「如果規士聽到我這麼說，可能會生氣。」貴代美自嘲地說，「他根本不可能是凶手。因為事實就是如此，他應該希望我可以相信他，我或許也該相信他，但是，我做不到。」

即使身陷困境，規士仍然堅持自我，同時想要幫助朋友。那正是貴代美期待中的樣子——像他這種看起來不親切的孩子，其實內心很善良，將來一定可以成為好男人。

然而，自己無法相信他，而且還指責一登和其他想要相信他的人。

為什麼不相信我？即使規士這麼責怪，她也無話可說。貴代美帶著悔悟的心情，注視著他在會場深處的遺照。

從這裡看過去，規士的臉很模糊。

但是，無論怎麼發揮想像力，都只看到規士始終微笑的樣子。

「真的不容易……我並沒有身處妳的處境，所以也無法說什麼，」內藤似乎也無法理出頭緒，「但是，無法對別人產生憤怒，只剩下自責的話，我認為真的很不幸。這是我遇過許多事件的受害人之後的感想，也許是因為這個原因，所以我才努力想要找出憤怒的情緒。」

不幸……這兩個字完全沒有打轉，一下子就進入了貴代美的身體。

「我不知道自己和這類事件的其他被害人家屬有什麼不同，」貴代美說，「但是，一旦被捲入這類事件，有誰能夠躲過不幸？我認為不光是被害人家屬，加害人和加害人的家屬也都陷入了極大的不幸。至少我瞭解這一點，因為事件就會帶來這種後果。」

內藤倒吸了一口氣。

「雖然我一直希望規士是加害人之一，但當時也很痛苦。就像在一片漆黑的水中不停地游動，毫無根據地認為很快就會游到岸邊。當時真的痛不欲生……如果我兒子是加害人，雖然得知他還活著的瞬間，或許會感到鬆一口氣，但之後將是漫長的痛苦，我想應該會被這種痛苦壓垮。」

貴代美注視著殘留在內心深處的這種痛苦，她覺得規士也和她一起注視著。

貴代美覺得，規士應該知道。

遺照中的規士仍然面帶微笑。

正因為規士知道，所以不會責怪貴代美。

貴代美輕輕咬著顫抖的嘴唇繼續說：

「規士……規士救了我。」

會有這種想法，也是一種不幸嗎？

貴代美也不知道。

內藤不再說話。

沉默在兩人之間擺盪。

97

希望之罪

望み

希望之罪 /雫井脩介作 ; 王蘊潔譯. -- 初版. -- 臺北市 :
春天出版國際文化有限公司, 2021.11
面 ;　公分. -- (春日文庫 ; 97)
譯自 : 望み
ISBN 978-957-741-362-8(平裝)

861.57　　110009812

ISBN 978-957-741-362-8
Printed in Taiwan

作　者　雫井脩介
封面插圖　牧野千穗
譯　者　王蘊潔
總編輯　莊宜勳
主　編　鍾靈

出版者　春天出版國際文化有限公司
地　址　台北市大安區忠孝東路四段303號4樓之1
電　話　02-7733-4070
傳　真　02-7733-4069
E-mail　story@bookspring.com.tw
網　址　http://www.bookspring.com.tw
部落格　http://blog.pixnet.net/bookspring
郵政帳號　19705538
戶　名　春天出版國際文化有限公司
法律顧問　蕭顯忠律師事務所
出版日期　二〇二一年十一月初版

定　價　370元

總經銷　楨德圖書事業有限公司
地　址　新北市新店區中興路二段196號8樓
電　話　02-8919-3186
傳　真　02-8914-5524
香港總代理　一代匯集
地　址　九龍旺角塘尾道64號 龍駒企業大廈10 B&D室
電　話　852-2783-8102
傳　真　852-2396-0050